# CONTRA
# LA MURALLA

CUENTOS

# CONTRA LA MURALLA

CUENTOS

**ALBERTO ROBLEST**

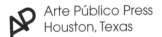

Arte Público Press
Houston, Texas

La publicación de *Contra la muralla: Cuentos* ha sido subvencionada en parte por el National Endowments for the Arts. Le agradecemos su apoyo.

*Recuperando el pasado, creando el futuro*

Arte Público Press
University of Houston
4902 Gulf Fwy, Bldg 19, Rm 100
Houston, Texas 77204-2004

Diseño de la portada por Mora Des¡gn
Arte de la portada por Gustavo Duque

Names: Roblest, Alberto, 1962- author.
Title: Contra la muralla : cuentos / Alberto Roblest.
Description: Houston, Texas : Arte Publico Press, [2022]
Identifiers: LCCN 2021056527 (print) | LCCN 2021056528 (ebook) |
    ISBN 9781558859357 (trade paperback ; alk. paper) | ISBN
    9781518507076 (ePub) | ISBN 9781518507083 (kindle edition) |
    ISBN 9781518507090 (PDF) Subjects: LCGFT: Short stories.
Classification: LCC PQ7298.28.O2397 C66 2022 (print) |
    LCC PQ7298.28.O2397 (ebook) | DDC 863/.64—dc23
LC record available at https://lccn.loc.gov/2021056527
LC ebook record available at https://lccn.loc.gov/2021056528

♾ El papel utilizado en esta publicación cumple con los requisitos del American National Standard for Permanence of Paper for Printed Library Materials Z39.48-1984.

22 23 24          4 3 2 1

# Índice

# Prólogo

*a Tomás Rivera* …y no se lo tragó la tierra

Me dijeron que ése era el camino. Pasé muchos días recorriendo montañas, valles, crucé dos ríos y una cordillera desértica, donde lo único visible fueron restos de casas de adobe, algunos molinos de viento destruidos y autos chatarra semi cubiertos por arena. Finalmente llegué, desmonté la mochila a mi espalda, me descalcé las botas un momento para descansar los pies y estiré los brazos. Había sido un largo viaje. Me limpié el sudor con un pañuelo desechable. Me acerqué a la puerta, la toqué con las manos para cerciorarme. Sonreí. Había llegado . . . por fin.

Me encontraba justo enfrente de las puertas del paraíso, una gran entrada sin duda, una bella puerta. Toqué con los nudillos, con el puño, con los dos. Busqué el picaporte, el ojo de la cerradura o la chapa, pero no la vi. Tampoco un timbre o un interfono. Parecía que no había forma de entrar. Quizá la puerta se cerraba por dentro. Empujé con esperanzas de que cediera, pero nada. Pensé que a lo mejor podría ser una puerta corrediza y volví a hacer intentos, pero la puerta pareció no inmutarse. Pensé en treparme, pero las paredes parecían llegar al cielo y la puerta era completamente lisa. Volví a empujar, esta vez con todas mis fuerzas. Recordé que en algunos relatos las entradas se traspasaban con letras mágicas o palabras en rima. Escribí en el polvo debajo de la puerta como quien busca una contraseña. Dije trabalenguas, canciones, dichos de mi abuela, grité . . . En un punto de mi desesperación pateé la maldita puerta que ya para ese momento me pareció la entrada de un búnker, de una fortaleza. Todos mis esfuerzos fueron inútiles. Sudando tomé asiento en el piso. Quizá lo único que me quedaba era esperar a que alguien saliera para yo poderme colar, aunque eso era sencillamente disparatado: ¿Quién quiere salir del paraíso? Me calcé las botas nuevamente, me puse de pie y caminé hacia un extremo un par de kilómetros siguiendo el perímetro del muro. Regresé y le di vueltas a algunas ideas en la cabeza. Me encontraba molesto. No me quedaba otra que esperar en la desolación. Tomé asiento en una piedra con esperanzas de que alguien con la llave o el *password* correcto se acercara para poder entrar con él. Bebí un sorbo del agua en mi cantimplora, no me quedaba mucha, al igual que comida. Giré la cabeza de un lado, de otro, nada, excepto el muro y aquella gran puerta sin número flanqueando el camino. *La entrada final.* De un lado y de otro, la muralla de concreto, el desierto, nadie, nada.

# Obelisco oscurecido

## 1

Toda el área del *mall* amaneció cercada por plásticos amarillos de prohibido cruzar tendidos por la policía; desde Pensilvania Avenue hasta Independence, y de ahí hasta la calle 6th. Participaban en el operativo unas cien patrullas y otro número considerable de vehículos de bomberos, ambulancias y expertos en siniestros. El motivo de tal despliegue era que el Obelisco —The Washington Monument— había amanecido cubierto por insectos que al principio se pensó eran cigarras u hormigas, pero que resultaron cucarachas de todos los tamaños.

El primero en percatarse del siniestro e informar del extraño suceso fue Emerson Martínez, un policía en bicicleta que daba su último rondín en el área. Se le ocurrió al principio que los faros de iluminación se habían fundido y de ahí lo oscuro del monumento, orgullo de la ciudad y símbolo escultural del país. Conforme Martínez se fue acercando tuvo otras teorías: que alguien había cubierto la pantalla de los reflectores con algún tipo de película, o peor aún, que algún maloso había derramado pintura negra en las caras del monumento y si así resultaba, aquello no era sino un acto de terrorismo. Consideró otras posibilidades. A Martínez se le ocurrió incluso que podría ser algún tipo de intervención artística de algún loco instalador rechazado por el consejo de la cultura de la ciudad. . . . Cuál sería su sorpresa al llegar a menos de diez metros y descubrir que la mancha oscura comenzaba a moverse como en una danza y a emitir un sonido hipnótico. Aquello dejó perplejo a Martínez. La mancha no era otra cosa sino insectos, para ser más precisos, cucarachas. Dejó caer la bicicleta al suelo, se acercó con cautela, desenfundó su arma, cortó cartucho y se detuvo para observar en detalle. Sin duda cucarachas, confirmó; las había visto en su cocina; en las cocinas de los restaurantes baratos, en los separos de la policía, en las casas de interés social, en los departamentos de renta congelada e incluso en algunas viejas mansiones de Georgetown.

Volvió a comunicarse por radio y soltó la noticia al oficial de guardia en la comisaría, el oficial George Luca. Su superior lo escuchó y no le creyó al principio, así que lo obligó repetir el reporte. Miles de cucarachas cubrían de pies a cabeza las paredes del Obelisco.

—Aquello sí que es una mala noticia —le dijo.

Lo era, especialmente al final del turno y máxime en un viernes próximo al fin de semana largo de Memorial Day. A regañadientes George Luca llamó al capitán que tomó la llamada y habló con Martínez directamente. Lo escuchó con atención y después procedió a pasar la mala nueva a sus propios superiores, que al principio y con el mismo escepticismo qué él había mostrado ante la noticia del oficial bajo su mando, le hicieron repetir el informe varias veces. No pasaron ni veinte minutos, cuando el superintendente de la policía en persona entró por la puerta de la comisaría de Capitol Hill y le preguntó a Luca por la salud mental del policía en bicicleta que había reportado el incidente y por su ficha. En torno a si el oficial usaba alguna droga o se encontraba bajo el efecto de alguna receta médica.

—Nada, jefe. Martínez es un policía sin historial de ningún tipo y con altísimas calificaciones de la academia, además en excelente estado de salud.

*Extraño*, se dijo el jefe de la policía y procedió a abrir una línea de radio privada, se comunicó con dos oficiales de su confianza que se encontraban haciendo un rondín por Downtown, los envió al lugar de los hechos. En menos de quince minutos la confirmación de la noticia estaba hecha: miles, si no millones de cucarachas oscuras cubrían el Obelisco de arriba abajo. La mala noticia se hizo pública y comenzó a repetirse y a circular de un lado para otro tanto en los canales oficiales, como en la Internet donde se hizo viral.

2

Una vez la noticia en el Internet, fue la apoteosis: de memes a fake news, de bromas sórdidas a teorías de conspiración. Nunca antes, quizás solamente cuando el atentado al Presidente Reagan, o cuando la inauguración de Obama, se habían escuchado en la ciudad de Washington DC tantas sirenas.

El caso es que para el momento en que el sol se pone en el horizonte, todo es diferente. El tráfico imposible en las calles abiertas a la circulación; las carreteras de acceso a la ciudad congestionada; las escuelas y universidades cerradas; las oficinas de gobierno local también; las oficinas de turistas paralizadas; los eventos sociales y culturales en toda la ciudad cancelados; el Pentágono y otras agencias de seguridad enloquecidas; los diarios en problemas cambiando la primera plana; el metro y otros servicios de transportación con retrasos; el tráfico tanto físico, como virtual, pasmados; las radios locales saturadas por el flujo de llamadas, al igual que muchos blogs de noticias; los políticos peleándose por tener la mejor cara al público; y los mirones cooptando las calles inmediatas al suceso para tener la mejor vista, el selfie con más thumbs up. En síntesis: caos.

Dos de las empresas más poderosas de armamento y con oficinas en la ciudad tenían sugerencias drásticas para terminar con el problema, previo contrato de por medio, por supuesto. Una de ellas llegó al Congreso con la propuesta de usar un arma experimental que emitía unos rayos similares a los que utiliza un microwave; cocinaría a las enemigas, en este caso las cucarachas, en cuestión de segundos.

—¿Y qué de los Cherry Trees alrededor del monumento y demás flora y fauna en el río? —preguntó alguien.

—Well, —respondió el CEO—, nosotros acabamos con el problema. Los efectos colaterales no nos conciernen y están en segundo plano. Habrá que pensar en un segundo contrato para la solución de las consecuencias.

La otra empresa propuso tender una gran cubierta alrededor del Obelisco —como gran bolsa sellada herméticamente— y después soltar un venenosísimo gas que mataría a los insectos en cuestión de segundos, nada experimental, algo ya probado.

—¿Y qué de los efectos secundarios del gas? —preguntó alguien más en la reunión—. ¿Qué pasará cuando se quite la cubierta?

La respuesta del CEO fue casi la misma que la del jefe de la otra empresa de armamento. Esperaban que los gases fueran absorbidos por los asquerosos insectos. Dado lo contrario, habría que repensar las consecuencias, quizá reemplazar la tierra y el pasto circundante al Obelisco y "aspirar" el lugar con alguna máquina.

Pasada la hora de la comida, la ciudad entera estaba a la expectativa, con los ojos puestos en el operativo; los ojos del planeta mismo puestos en el Obelisco que parecía tener varias capas de cucarachas que se reproducían a un ritmo insólito, alimentándose unas de otras ad infinitum. Algunas más pequeñas comenzaban a salir del perímetro de contención e iban siendo aplastadas por hombres vestidos en trajes Haz Mat con grandes matamoscas especiales, aunque no se daban abasto. Los periodistas hacían conjeturas, los ambientalistas elaboraban sus propias teorías y los fatalistas veían en el suceso una conspiración. Un extremista religioso hizo su aparición entre la multitud y comenzó a recitar a través de un megáfono una perorata en torno al fin del mundo y las siete plagas de Israel. Al caer la tarde el escenario era más que tenebroso, y aún nadie se ponía de acuerdo.

Martínez que no había despegado un ojo del evento —como se le llamaba—, dijo para sí: "Cínicas cabronas . . . ¿No deberían estar escondidas en la oscuridad? Se supone que son hipersensibles a la luz y que instintivamente buscan las sombras. Parecen estar tomando el sol en la playa. Es sencillamente increíble . . ."

El alcalde, aprovechando el ruido de la noticia, los ojos del mundo en la ciudad que regía y toda la propaganda tanto positiva como negativa, comenzó a hacer campaña ante la necesidad de más presupuesto, y por supuesto de independencia política y económica.

## 3

Hubo varias reuniones urgentes a muy alto nivel, tanto en el Congreso como en la Casa Blanca. Los generales más cercanos a la presidencia propusieron que se lanzara un mísil a las invasoras para así terminar de una vez por todas con el problema. Eso por supuesto implicaba la destrucción del

Obelisco, claro. Al principio, todos se quedaron perplejos ante la propuesta.

Alguien en la mesa gritó de pie: —¡Destruir el Obelisco . . . impensable!

El mastermind de la propuesta, un general de doce estrellas, dejó la taza de café a la que le dio un gran sorbo sobre la mesa y tranquilamente retomó la palabra con un dejo bastante teatral: —Claro, así construimos uno nuevo. Eso se hace en las guerras. Destruimos todo y después reconstruimos. Matemática simple: reconstruir es bueno, genera ganancias, las ganancias generan intereses y eso es el motor del capitalismo.

A uno de los lobistas asociados a las empresas de reconstrucción le brillaron los ojos y abaló la idea del general: —A mí me parece una idea genial. Así podríamos construir un Obelisco más alto, dos veces más alto y con eso cambiar las reglas de construcción en la ciudad, que son demasiado rígidas y obsoletas.

El segundo hombre de abordo en la empresa, un muy interesante chico de Harvard, amplió la propuesta de su jefe: —De esa forma, la ciudad entera podría tener edificios más altos y ser diferente . . . con edificios modernos y hasta el cielo.

Otro lobista, asociado al primero, se le ocurrió de pronto que eso permitiría construir en la base, una vez destruido el Obelisco viejo, un enorme búnker de varios niveles con salida al río Potomac, al metro y a Rock Creek Park. A más de uno de los presentes se les hizo agua la boca con ambas propuestas. Algunos políticos pensaron que saliendo de la reunión comprarían casas, esto con el propósito de derrumbarlas y hacer grandes edificios donde rentar y hacer condominios. Más de uno vio a DC como un nuevo New York City.

Otro general, pero éste de la vieja guardia, recomendó usar Napalm y así achicharrar a todas esas enemigas del mal. La reunión del consejo se extendió hasta muy tarde, y ya casi entrada la noche terminó con varias posibles propuestas sobre la mesa. Mientras eso sucedía, uno de los insectos pareció sobresalir de sobre todos los otros y comenzó a crecer y a expandirse sobre uno de los lados del Obelisco. Casi imperceptiblemente, una a una las cucarachas comenzaron a entrar a la boca de este insecto, que de grande comenzó a ser gigante y después inmenso. Ante la nueva alarma, el gabinete de seguridad se reunió de nuevo y sus representantes decidieron enviar una división de infantería y otra de aviación. Comenzaron a imaginar el peor escenario. Se decretó estado de sitio y se limpió el área de mirones. Se restringió la entrada a la prensa a la zona acordonada y hubo de desalojar a los vecinos de "Foggy Bottom" y moverlos en calidad se damnificados a diferentes hoteles de la ciudad.

Por cuestiones de seguridad nacional, comenzaron a controlarse las llamadas telefónicas, los mensajes por Internet y los textos por teléfono.

"¿Se trata de un caballo de Troya, aunque esta vez en forma de cucaracha?" era otra de las preguntas.

Los más alarmistas veían en sus mentes las películas de Godzila y King Kong, pero en lugar de un gran simio, una cucaracha gigantesca aplastando tanques, derribando jets y haciendo correr despavorido a toda la población.

Así mismo decidieron enviar al presidente y al vicepresidente a un búnker en una locación secreta para su seguridad y el bien de la nación. El presidente acertó apenas a enviar un twitter con un mensaje bien claro: "Cada noticia, cada toma hecha por las cámaras de los canales de televisión debe estar completamente obligada a la censura y al control, por aquello del estado de emergencia y en caso de ataque".

## 4

Antes de que terminara la noche, millones de cucarachas comenzaron a entrar en la boca del gigantesco insecto, hasta que no quedó ninguno, en un proceso que duró casi unas dos horas y media, ante los ojos perplejos de soldados, agentes de inteligencia y la división de seguridad nacional destinada a los casos paranormales. Los más de doscientos mil autos policiacos y automóviles de guerra, de pronto parecieron ser nada ante la impresionante cucaracha gigantesca, casi del tamaño del mismísimo Obelisco. El monstruo movió la cabeza de un lado y de otro, se sobó las antenas y pareció dar dos pasos antes de caer al piso de espaldas.

Hubo un murmullo y hasta plegarias, después el martilleo de los cañones. Después hubo un silencio sepulcral. Los reflectores gigantes se posaron en el insecto que meneó las patas un par de veces, giró en la espalda como una tortuga al intentar ponerse de pie y después quedó exánime como un gordo muy cansado. El Obelisco presentaba una cuarteadura que subía de la base a la parte superior. Volvieron a pasar algunos minutos de tensión, y entonces la cucaracha oteó el aire, abrió las alas, estiró las patas y quedó rígida. Soldados, policías y demás personal de seguridad esperaron listos para la orden de sus superiores. Varios afirmaron que aquel insecto extraordinario se pondría de pie de un salto y comenzaría a atacarlos a todos.

El silencio y el temor se extendieron por toda la ciudad. Un silencio de panteón, macabro, rígido, un silencio brutal se escuchó en todo Washington como cuando la muerte de Martin Luther King.

Después, entre todo lo insólito qué había sucedido aquel día, el insecto explotó en un millón de fragmentos que se expandieron a medio kilómetro a la redonda "manchándolo todo", diría un cronista. Lo que resultó no eran sino diminutas cucarachas doradas que corrieron a esconderse en el subsuelo, las hendiduras y los rincones del Capitolio.

Hubo expectativa, asco.

Algunos intelectuales quisieron ver un augurio en el suceso, lo mismo los filósofos que lo interpretaron con una metáfora del capitalismo y la política de la globalización. Los constructores golpearon la mesa de las pláticas y, desanimados al ver los resultados, vieron la pérdida de una gran oportunidad. Los fabricantes de armamento fastidiados, maldijeron al cielo al ver sus planes de desgracia truncos. Los poetas lo convirtieron en una triste plegaria, y sólo los narradores, sólo ellos, vieron en todo aquello algo más que un símbolo . . . algo más.

*La podredumbre acecha* fue el titular de un periódico al día siguiente.

# Aquí estamos y si nos echan regresamos

*a César Chávez*

Son cientos, miles que han salido de las cocinas cocham-brosas donde trabajan, de los jardines, de los campos bajo el rayo del sol, de los *basements* en las casas de los ricos, de Wall Street que trafica con su economía, del costo político, de la nada. "¡Aquí estamos y si nos echan regresamos!" gritan mientras avanzan.

Regresamos porque el hambre es brutal, la miseria es ominosa, la pobreza terrible y las disparidades económicas extremas. Aquí estamos, no para ver el Obelisco, remar en el Potomac o visitar la Galería Nacional. Estamos aquí para protestar por otro estatus legal, por un mejor trato, una vida digna y un futuro para nuestros hijos. Somos el resultado de las políticas económicas aplicadas en Latinoamérica, de la guerra sucia, de la guerra de baja intensidad, de la falta de democracia en países desolados, conquistados, golpeados, espiados, vendidos, administrados por apátridas.

Aquí están, allá vienen, brotan del subsuelo por decenas; gritan desde lo profundo de sus gargantas lo mismo en inglés, que en español: "Legalización", "Reforma", "Alto a la persecución al inmigrante", "Piedad" . . .

Familias enteras tomadas de la mano, grupos de mujeres, de amigos que ríen y celebran como en una fiesta. Gente, gente y más gente saliendo de las estaciones del metro para integrarse al contingente. Salen de todas las calles, de las sombras; vienen con sus hijos, con los abuelos y los tíos. Vienen todos: juntos los veinte que comparten un departamento de dos recámaras, un sucio sótano, los que se esconden en cuartos de servicio doméstico donde son esclavos. Pero también los que están saliendo para hacerse novios, los que acaban de llegar y no hablan inglés, pues en sus pueblos no hay escuelas, libros, computadoras, quizá una iglesia, un palacio municipal y un jardín central de pasto seco y árboles raquíticos. Portan banderas, tambores, panderos, gorros, matracas, los colores de sus países. Visten camisetas con leyendas como: "Ser ilegal no es ser criminal", "Contribuyo con mi trabajo y después con mi dinero a la economía norteamericana", "El ilegal es también un ser humano", "Latino Power, Yeah!", "No a la muralla" y "Abajo el Muro."

Respeto.

Son los sin nombre, sin rostro, de papeles falsos y voz muy baja. Son los ilegales, esta vez a la luz del día y el rostro descubierto. Somos todos, pero tampoco estamos solos, dado que también, codo con codo, nos apoyan los de siempre: estudiantes, profesores, líderes sociales y representantes de las diferentes organizaciones que en Washington, DC auxilian a los pobres, a los sin casa y a los indocumentados. Por supuesto, no podían faltar los agentes de la migra infiltrados tomando fotos y video a discreción desde anteojos oscuros y carros negros, intercambiando claves en sus radios.

*¿Cuántos son en realidad estas gentes cuyos pasos rebotan en las fachadas de los edificios oficiales? ¿Dónde se meten durante el día? ¿Dónde viven? ¿Quiénes son?* Es lo que preguntan las demás personas que miran extrañados a la multitud que se ha reunido aquí para protestar en lo que será una marcha hasta el Congreso. Las personas desde las aceras no alcanzan a entender y miran atónitos, así como los turistas. *"¿Protestar? ¿Pero, que no son ilegales . . . ?"*

En efecto, todos, o la mayoría al menos, ilegales. Su trabajo de llegar aquí les costó, como a los Pilgrims. Ya cruzando el desierto, saltando el muro fronterizo, viajando varios meses en contenedores metálicos, pero también en cajuelas de autos, empaquetados en cajas, dentro de tráileres donde se transportan pollos, cerdos o plátanos. En avión, en tren, por tierra y por debajo de la tierra también, quién sabe cómo.

"¿Acaso es un crimen escapar del hambre y la marginación?" responde un joven de piel muy oscura a una reportera.

El tráfico se haya desquiciado, se oyen claxonazos, aullidos de sirena, un par de helicópteros sobrevuelan arriba, policías y más policías. Pasa un BMW gris, desde el que alguien grita enfadado, seguramente por el embotellamiento: "¡Ojalá y los encierren a todos y los regresen a sus países . . . ! ¡Partida de mugrosos!"

De respuesta silbidos. "¡Jódete imbécil!" grita alguien en un inglés perfecto.

Por supuesto el tío del auto gris no sabe lo que dice, pienso. Dado que éstas gentes junto a mí, detrás de mí y delante de mí, por no sé cuántos bloques más, son los que hacen el trabajo sucio, no sólo de ésta ciudad, sino también de la sociedad norteamericana en su conjunto: limpiando baños y pasillos de oficinas, caños, partiendo cebolla y carne en las cocinas, pizcando vegetales en los campos de los estados sureños, en las fábricas del norte ensamblando autos, en la construcción meneando el cemento, en las bodegas acomodando productos, en los sótanos maquilando ropa y piezas electrónicas. Sí, hablamos de trabajo duro y macizo, el que nadie más quiere hacer, trabajo barato, sucio, mal pagado, encubierto de abuso y enriquecimiento ilícito.

"Aquí estamos y si nos echan regresamos", es un gran eco, como una onda que nos envuelve. Se me enchina la piel. No puedo negar que es emocionante y pegador. Como la música de los Tigres del Norte que tocarán para esta masa de la que

13

se sienten parte. Nos rodea un ejército de policías que se aprestan a dirigir el tráfico y cerrar las calles aledañas. Me topo con Mario, un joven muy risueño al que conocí hará cosa de cinco años en Casa de Maryland, una organización que ayuda a los inmigrantes.

—¡Hola Mario! ¿Cómo va todo?

—Así así, ya sabes, trabajando. . . . ¿Qué se puede hacer?

Nos saludamos, conversamos un rato sobre nuestras respectivas vidas y ya al final lo veo alejarse, justo al momento de llegar a la avenida Constitution, donde un grupo muy animado de salvadoreñas se nos une con una gran bandera norteamericana.

Mario es guatemalteco y no puede regresar a su país, dado que los mismos que mataron a sus dos hermanos lo quieren matar por viejas rencillas que datan de la época de la guerra civil. Tiene veinte años sin ver a su madre, padece una enfermedad en los oídos aunque no tiene seguro médico y trabaja seis días a la semana ocho horas cada día. Quisiera estudiar para auxiliar de radiólogo, aunque no puede, quisiera perfeccionar su inglés pero no tiene tiempo, quisiera viajar aunque se muere de miedo por zozobra a la deportación . . . y como él, los demás, los miles que hoy marchan en esta ciudad capital de un país hecho por inmigrantes.

Estamos ahora frente al Smithsonian. Es el final del recorrido, aunque quizá no el final último de este movimiento —como le llaman ya— dado que hasta el día de hoy, aproximadamente más de un millón de personas han protestado a lo largo y ancho de la Unión Americana. La música de los Tigres comienza a salir de las bocinas, y el acordeón se ensancha y se contrae atragantándose de viento. Alguien baila, alguien más. La tarde cae lentamente y la multitud, como llegó, comienza a desaparecer, discretamente, sin hacer ruido, como por arte de magia, entre las sombras. . . . En minutos, nadie.

# Me detuve un instante a contemplar a mi derredor

*a Roque Dalton*

## 1

Cuando vives en otro país, a nadie le interesas. Nadie pregunta cómo estás, cómo te va, y todo el mundo evita hablar del porqué cambiaste de vida. En el fondo, nadie lo hace porque resulta ocioso. Hay una causa y ésta debió ser fuerte, vital. Estás aquí porque en tu país no había nada, por lo menos para ti. La mayoría de las veces es dinero, aunque hay otras causas, algunas más poderosas que otras, pero igual de primordiales. Quizá haya una casa en tu lugar de origen, algunos amigos, una familia, pero lo más importante y que justamente le da sentido a todo lo demás, no existe. Es por eso que estás aquí, por algo que necesitas, incluso a costa de otros, cosas muy tuyas. Se aprende a ver a la distancia. Entonces empiezas a vivir en dos lugares. Añorando y comparando, y siempre aferrado como un necio a dos maletas, queriendo irte a cada crisis, a cada bofetada de hambre, de frío, de soledad, de humillación. Es algo que todos saben y por eso nadie pregunta. Los secretos a voces se mantienen mejor en boca cerrada. . . .

*"No sé de otros, pero cuando crucé la gran puerta, salí del círculo vicioso al que estaba encadenado".*

## 2

Viviste una vida allá, una vida que ya no responde a lo que eres hoy, porque ahora estás sin nadie. Lo peor es en domingo, cuando la soledad te azota contra las paredes y, como un trapeador chorreando agua sucia, te lanzas a la calle llena de ruidos y gente, pero nadie para ti. ¿Qué hacer? ¿Adónde ir? ¿Rentar películas? ¿Ir al supermercado a comprar comida? ¿Subirse al carro y alejarse a toda velocidad de aquella realidad? O sólo dar vueltas a la plaza, a la manzana, al jodido lugar al que llegaste hace ya varios años y no te pertenece, pues sigues solo, como un perro. Entonces aprendes a agradecer cualquier sonrisa, cualquier saludo por frío que sea.

## 3

Ahora que lo ves en retrospectiva, sabes que ha sido doloroso el cambio. No tienes amigos cercanos, te rodea gente que no te conoce, ni conoces a profundidad. Eres una sombra y tus relaciones las has manejado con guantes, para no dejar huellas. Tienes dos nombres, un número de identificación —Social Security— de alguien que ya murió. Eres igual a muchos, y lo saben todos y viceversa en un círculo perfectamente redondo. Gente incógnita que prefiere esconderse y mantenerse en secreto. Gente con miedo, fuera de las luces, trabajando en la oscuridad. . . . Tú y otros, al fin gente, nosotros, sin hablarnos mucho. Escapistas de la violencia que ha quedado detrás del muro. Seres en busca del pan remunerado, del maldito trabajo que escasea en aquellas tierras. Mano de obra barata que hace que este país se sostenga, a pesar de la opinión de muchos descerebrados que amenazan con lincharnos, como en los viejos tiempos.

Gente pobre, qué carajos, pero al fin personas con sueños y aspiraciones. Personas detrás de cada una de las cosas que compran y consumen día con día, sí, pedazos de hígado en los muebles, de riñón y pulmones en la ropa que visten, de ojos y manos en los vegetales que agregan a la comida, en los autos lujosos que los pasean, en los zapatos con los que bailan . . . todo lo que les rodea, cuerpos enteros . . . Cosas limpias, muy pocas.

## 4

"No está terminado un año cuando ya empieza otro. Así es la vida, delirante. Siempre hay algo que hacer, algo se cruza, o alguien se interpone. Trabajar más que todo, hacerse de una vida. Aunque me siento igual, no soy el mismo".

Meneas la cabeza tratando de sacarte esos pensamientos. Aquí le llaman depresión y la gente traga pastillas para vivir feliz en un paraíso artificial. Piensas en torno a cómo se ha ido el tiempo desde que empezaste tu cuarta vida detrás del volante como chofer ahora y en la cantidad de carreteras que conoces a la fecha. También en las memorias que quieres escribir algún día, cuando rompas la barrera que te impone la palabra. Ves un águila en el horizonte, cruza el cielo elegantemente en camino a las montañas. De pronto bajas la velocidad y contemplas un instante a tu derredor, con otros ojos, sólo eso, como si todo fuera nuevo por primera vez, aunque son veinte años de tu vida, cuarenta y dos en total. Años de trabajo duro, no sólo de chofer, sino en el campo, en las cocinas, en las oficinas lavando los baños. Te preguntas entonces si te has superado. Vuelves a verte a ti mismo como cuando entraste por la frontera de Laredo, un joven enviado desde El Salvador para labrarse un futuro. Un padre asesinado por no querer entregar su quincena a un grupo de vagos, una madre vieja viviendo en los mismos dos cuartos de tabique, aunque ya con piso de concreto y techo en lugar de láminas de fierro, con una televisión plana y una estufa de gas.

Mientras te encuentras detenido en aquella intersección, piensas entonces en lo mucho que te gustaría echar la película para atrás, meter reversa, mientras te encuentras detenido en aquella intersección, y reversa viajar por el tiempo. Intentar retroceder todos aquellos momentos en que fuiste feliz por unas horas, unos minutos, unos segundos. Sonríes ante la posibilidad de ver tu película otra vez, esta vez en un país con oportunidades, una cena en una mesa rebosante de comida, un padre sonriente, una madre orgullosa, un país sin pobreza, sin corruptos. . . . Mierda, te dices: ¿Por qué siempre ha de verse la felicidad como algo que se ha ido? Miras por los retrovisores, nadie en aquella carretera que parte el desierto en dos. Entonces te das cuenta que regresar la película toma sus riesgos. Lo sabes por el sabor de boca, por las lágrimas que sin querer escurren por tus mejillas.

*"Para olvidar, por eso se mete uno al camino, aunque a veces no funciona".*

Miras el reloj, el sol en el horizonte, estás tarde nuevamente.

# Obra negra

---

*a Luis Buñuel*

Carlos Villegas depositó el colchón un momento sobre la punta de sus zapatos, no quería ensuciarlo mientras esperaba a que el semáforo volviera a ponerse en rojo para reanudar su marcha. Estaba en la esquina de Independencia y Revolución, justo enfrente de los almacenes Exporte, donde alguna vez había trabajado de más joven. El tráfico se detuvo para dar paso a los peatones. Volvió a echarse su colchón matrimonial sobre la espalda. Cruzó la avenida seguido de una pequeña multitud de gentes con aspectos de sombras, rumbo al trabajo o a sus hogares después de una larga noche. Villegas dejó pasar a una viejecita, cruzó una segunda calle como un Sísifo encadenado a su roca, aunque ésta cubierta por bolsas de supermercado pegadas con cinta. Detrás, a unos pasos de él, sus dos hijos mayores con sus propias cargas: Jimena cargando una caja con trastes y Anselmo un bulto de sábanas con ropa. Era la cuarta vez en el día que hacían el recorrido hacia su nuevo hogar y aún faltaban dos viajes para completar la mudanza. Jimena lucía enrojecida, cansada y ofendida por aquella escena. Anselmo llevaba la cara clavada en el suelo, como si no quisiera ver a nadie de la vergüenza; en sus oídos el silencio, aunque los sonidos de la calle como un taladro.

Caminaron tres cuadras. Siguieron por un camino de tierra que ascendía por una montaña, encima la unidad habitacional, Brisas del Norte, que de lejos lucía como un barco encallado en el desierto. Tal era el rimbombante nombre con que aquel conjunto de edificaciones sin terminar se había bautizado y por más de seis años anunciado como el proyecto arquitectónico de la década. Carlos Villegas recordaba aún la primera vez que había visto la maqueta en el patio del Palacio de Gobierno del Estado y escuchado el discurso del Gobernador Aparicio Moctezuma y de su Secretario de Obras Públicas Donaldo Cervantes: "Brisas del Norte no sólo verá con orgullo y de frente a los ojos, a la ciudad hermana de Laredo, sino que permitirá a sus propietarios una vida cómoda, espaciada y del primer mundo, además de una vista preciosa". Los aplausos, los brindis, la primera piedra, los abrazos, las fotos en los diarios del gobernador echando paladas de arena, el primer edificio, las loas al desarrollo, al progreso, la celebración.

Ahora, a una distancia de seis años y pasada la euforia triunfalista, sólo quedaba del mejor proyecto del siglo un conjunto de edificios en obra negra y otros a medio construir. Cientos de familias despojadas y empobrecidas.

Carlos Villegas volvió a descansar el colchón, ahora sobre la defensa de un vehículo, antes de iniciar el ascenso por la vereda que debía ahorrarle por lo menos un kilómetro, entre las curvas y el llano frente a Brisas, su nuevo hogar . . . la casa nueva, como le gustaba decir a sus amigos cuando aún se enorgullecía de estar pagando puntualmente las mensualidades. En la cima de aquella árida montaña estaban invertidos todos los ahorros de su vida, el dinero por la venta del carro y hasta parte de la herencia dejada por su padre, don Rafael. Respiró profundo, tomó aire y se maldijo a sí mismo sintiéndose un imbécil. Se sabía timado, engañado, humillado y lo que era peor, un iluso de malos cálculos para las dos personas detrás siguiéndolo bajo aquel sol implacable. "Mucho polvo no hace tierra. . . ." Fue la voz de su padre la que rezumbó en sus oídos.

Hacía no más de ocho meses que el Gobernador del Estado Aparicio Moctezuma había jurado y vuelto a jurar que terminaría el proyecto Brisas. "En lo personal —dijo en conferencia de prensa— representa para mí el orgullo de nuestra administración . . ." Ese mismo día, y comandado por el mismísimo Secretario Donaldo Cervantes, un ejército de maquinaria y hombres se desplazaron hacia la pequeña montaña donde quedaba la unidad habitacional para inaugurar su tercera etapa. De nuevo aplausos, loas, más fotos en los diarios. A los pocos días los futuros propietarios se aprestaron a hacer sus pagos en los bancos. El costo por ser ingenuo había sido enorme; no sólo había hipotecado su modesto negocio de reparación de zapatos, sino que al final, también se había esfumado.

A pesar de estar aferrado a aquel colchón como un náufrago a un pedazo de madera, no alcanzaba a comprender cómo era que aquello había pasado. Por tres años en su casa no se habló de otra cosa que del nuevo departamento de tres habitaciones, sala, comedor, dos baños y vista panorámica desde el séptimo piso, además de dos cajones para estacionamiento. "Vas a ver, vieja, como todo va a cambiar, y lo más importante, los niños tendrán cada uno su propia recámara . . ." solía decirle a su mujer cuando la veía desanimarse de vivir las penurias del ahorro. Ahora la cruda realidad le daba la razón a ella y por eso sentía más vergüenza.

Lo primero en quedar "terminado" fue el conjunto de edificios que daban de frente a una importante zona residencial de Laredo. Por tal motivo el gobernador hizo una gran fiesta con los miembros de su gabinete y pidió permiso a su contraparte en el vecino país del norte para tomarse unas fotos de él y su familia del otro lado del muro que dividía a ambas naciones, con su proyecto detrás. Carlos Villegas llegó aquella tarde muy emocionado. Confiaba en la palabra de aquel hombre, tenía fe en el diseño de una vida más agradable y más hermosa, simplemente nueva. Aquella celebración de parte de las autoridades era la confirmación de que todo estaba resultando bien y de que además se trabajaba a todo vapor. La foto en el periódico del orgulloso gobernador tomado de la mano de sus hijos y su obra erigida atrás, inyectó a los inversionistas nuevas esperanzas. En los meses que continuaron a la liquidación del enganche y justamente a un mes de que el gobernador dejara la silla gubernamental a su compadre Lucio Guerra —con fraude electoral de por medio, claro— surgieron los primeros signos del desencanto. Un periodista del diario *El Norte* había desenmascarado la simulación. En menos de una semana los sueños y aspiraciones de Carlos Villegas se estrellaron contra la cruda realidad. El reportero había logrado colarse a través del bien custodiado cerco de guardias y rejas alambradas para descubrir que las máquinas sólo se encendían y que los albañiles hacían agujeros para después taparlos, dado que no había materiales de construcción, ni arquitectos, ni dinero para seguir con las obras. El escándalo a ocho columnas en la primera plana de *El Norte* lo dejó frío y se sintió desfallecer.

*¿Cómo era posible tal aberrante engaño?*

Villegas tuvo a bien recargarse en el poste de la esquina donde esperaba el camión. Aquello era el colmo, había arrojado su patrimonio por la borda. *¿Cómo había confiado en aquel hombre . . . ?* Sí, el gobernador que ahora volaba rumbo a Europa con su nueva mujer, señorita *Miss* Tamaulipas 90-60-90, para después hacerse ojo de hormiga, quizá en las Islas Salomón o las Canarias. Arrojó el periódico al suelo con violencia. Aquello era una maldita burla. Levantó la vista al cielo, donde en otro avión y con un rumbo diferente viajaba el ex Secretario de Obras Públicas, Donaldo Cervantes. Junto a él, su esposa oculta bajo unos lentes para el sol y teñida de rubio, en el asiento posterior sus hijos también güeros. El primer negocio fraudulento, según el reportaje de *El Norte*, había sido la venta de unos terrenos del mismo Cervantes a la constructora Bienestar, la misma que había resultado ser otra empresa fantasma de las muchas que habían operado durante el sexenio de Moctezuma.

"Venta de terrenos públicos, uso de soborno para alterar documentos oficiales, licencias para negocios turbios, lavado de dinero, tráfico de influencias y drogas, encubrimiento, cobro de tarifas inexistentes, peculado y manejo ilegal de operaciones financieras . . ." eran sólo algunos de los delitos en que había incurrido el ex-gobernador y su gente. Sin contar por supuesto los delitos de despojo a las familias de los trabajadores, burla a los votantes y nepotismo respaldado por una constante violación a los derechos humanos y cívicos, todo encubierto de apego a las leyes y al derecho constitucional. A cientos de kilómetros de distancia, Moctezuma levantó su cuarta copa de champagne frente al hermosísimo rostro de la no menos ambiciosa Rocío Vergara, Miss Tamaulipas, y ésta lo besó en los labios. En el horizonte un mar hecho de nubes, el final feliz.

Carlos Villegas volvió a descansar el colchón de veinticinco años de matrimonio sobre la punta del zapato. Se detuvo a unos sesenta metros de la Unidad Habitacional Brisas del Norte. Intentó aclararse la vista y se talló los ojos. Por una extraña razón no podía dar foco a su mirada; era como si intentara ver un barco en medio de la niebla. Había estado allí por lo menos tres veces en lo que iba de la mañana y casi podía jurar que aquello frente a sus ojos era un espejismo emergiendo de las tierras áridas del desierto. Una escenografía de cartón levantada temporalmente para una película de bajo presupuesto. No llegaba a ser siquiera el decorado de un teatro, vamos, ni siquiera una maqueta a medio construir. El gimnasio "para que los jovencitos no incurran en las drogas" dijo orondo Moctezuma, no existía. De la alberca olímpica, de la que sólo podía verse un agujero muy grande, apenas existían dos bardas levantadas y cientos de montoncillos de arena, graba y tepetate, bloques de tabique rojo levantados en hileras. Sólo dos edificios estaban terminados en su totalidad y esto era un decir, ya que en su interior carecían de muebles para el baño, apagadores de luz y puertas. Estas dos moles de concreto de baja calidad daban de frente a la ciudad de Laredo, que kilómetros enfrente se erguía de verdad imponente. Los pisos de aquellos dos elefantes debían subirse a pie, ya que también carecían de elevador y de salidas de emergencia. Dos inmensos cajones de bonita fachada y buen diseño, el cual sólo podía apreciarse del otro lado del muro, pero desnutridos y enfermos como un castillo medieval emergiendo de los humos de la guerra. *Como una ciudad aplastada por el pie de un gigante...* fueron la única asociación con que Villegas pudo describir aquello frente a sus ojos, aunque miles de palabras se le abultaron en el cerebro. Ahora tendría que irse a trabajar del otro lado, como cientos de gentes, a chingarle como lavaplatos, lavabaños, jardinero o aseador de cocinas... a soportar los malos tratos de los gringos, su altanería, su arrogancia y su falta de perspectiva. "Perspectiva", era otra de las palabras que rescataba de los discursos de Moctezuma. ¿Cómo había sido posible? Quizá en aquello sí había tenido razón el arquitecto Cervantes, egresado del Tecnológico de Monterrey, con maestría en Yale y doctorado en ingeniería civil por Harvard, a donde había conocido, por cierto, a su compadre Aparicio. "Perspectiva, donde el arte y la vida cotidiana coinciden..." "Perspectiva", volvió a rebotar la palabra en su cerebro como una moneda cayendo dentro de una alcancía. "Perspectiva", dejó escapar la palabra por entre sus labios como si fuera una palabra mágica, maldita en cuya inflexión descargó toda la impotencia que lo carcomía por dentro y que brotaba por los poros de su piel sudorosa. "Perspectiva", ahora la palabra se fue diluyendo como si cayera por los escalones de una pirámide. Repitió la palabra una vez más y quiso gritarla hasta que se le desgarrara la garganta, le explotaran los pulmones, el corazón; quería arrojarla contra aquella maldita escenografía que se le restregaba en la cara sin foco ni definición alguna. Un maldito castillo de naipes capaz de derrumbarse con el grito de toda aquella multitud de personas que habían sido defraudadas de una forma institucional e impune . . . una vez más, otra vez más . . . *¿Hasta cuándo?* —se preguntó. Paradójicamente, aquel sitio era lo que en realidad sí tenía: perspectiva. Por supuesto sin las esculturas, los árboles, quioscos y áreas verdes que debía suponerse, tendría al final la obra del sexenio. Apretó las manos sobre el colchón al recordar la maldita maqueta, gracias a la cual se había embarcado en tan tramposo naufragio, como quien pone alrededor de su propio cuello el agujero de la horca. Era un imbécil y así sería recordado. Ahora, cuando trabajara del otro lado y viera quizá desde el sótano de un restaurante de comida china, aquella fachada despampanante, constataría que era un pobre diablo al que le habían violado a toda la familia en cara. Tuvo ganas de llorar, pero sabía que eso sería el colmo del vencimiento y apretó las mandíbulas. No lloraría, eso nunca . . . aunque sabía que quizá sentiría de nuevo ganas de hacerlo al llegar a su "nueva casa". Desnuda, sin nada en las paredes más que los tabiques y las líneas blancas de cemento con arena y grava. Desnuda como una herida: cuartos grises y lacerantes sin pisos, puertas, color y dos agujeros en el baño como llaves del agua. Por lámpara una caja de metal sin cables donde poder conectar nada. De vista, una ciudad a medio construir conformada por guacales de cuatro castillos mal plantados y losa encima, una ciudad achaparrada, fantasmal que en menos de un año estaría proletizada, si es que quedaba en pie. Una ciudad sin servicios y sin futuro para los niños. Quizá un bombón de merengue mal cocido color rosa y con un bárbaro mordisco en una esquina. Plásticos cubriendo las ventanas, telas colgadas de los marcos de las puertas como en cualquier campamento de refugiados. Más que una casa, un albergue, una ratonera. La evidencia durante el resto de su vida del engaño al que había sido sometido, la burla, el cinismo de pagar por una casa y recibir una celda.

Eso era lo que más le disgustaba, saber que había pagado oro por mierda, como bien le habían advertido sus cuñados y su mujer, quién ahora lo odiaba, dado que las aspiraciones de sus dos hijos por asistir a la universidad eran cada vez más lejanas. Villegas sintió un odio inmenso que le explotó en la cara y tuvo a bien aflojar las manos un momento, para no reventar como una bomba fragmentaria. Se palpó el rostro limpiando el sudor que copiosamente le escurría de la cabeza . . . aún no daba crédito a que aquello estuviera pasando.

—¡Apúrense carajo! —gritó a sus hijos que metros atrás descansaban sus respectivos bultos. Ambos lo miraron con unos ojos más de extrañeza que de rencor. Los tres parecían una partida de ladrones en medio del desierto hacía cincuenta, cien, doscientos años atrás. Tres personajes del absurdo destinados a cargar baratijas, arribando a las entrañas de lo que quedaba de un gran pez llamado Moby Dick, o a un barco hundido. Villegas cerró los ojos al sentir la sensación de un ligero vientecillo que momentáneamente lo refrescó, aunque apestaba a papas fritas y a carne asada; a ketchup, y a simulacro, a triunfo, pero también a veneno, a desprecio, a irrealidad y a desinfectante. Respiró por segunda ocasión llenándose los pulmones de aquella agradable brisa que entró por debajo de sus ropas, y por los boquetes en las ventanas de su nuevo hogar con vista a los prostíbulos y las maquiladoras. Aflojó un poco los músculos, los brazos. Estaba tenso. Por una centésima de segundo soltó el colchón que retenía entre las manos y fue entonces que el viento se lo arrebató con una fuerza inusitada, llevándoselo consigo. Primero, se quedó perplejo . . . poco después pareció darse cuenta de lo que pasaba al mirar que el colchón daba piruetas en el aire rodando como una llanta cuadrada. Miró a sus hijos, buscó sus ojos, pero ellos sólo miraban cómo el colchón de sus padres era arrastrado literalmente por el viento. No sabían si reír o llorar ante aquella escena. En la mente de Villegas algo hizo *shock* y sintió un terror muy grande, algo a lo que respondió corriendo como un desesperado detrás del colchón que ahora giraba más rápido, más rápido. Apretó la carrera, no podía perder el colchón, su cama, no podía dejar que le arrebataran el lugar donde dormía, en el que había engendrado a sus seres queridos, lo único con lo que contaba en la vida . . . no lo permitiría. Un —¡NO! —desgarrador salió de su pecho. No lo permitiría, que el viento, la brisa del norte . . . no, eso jamás.

*El viento, el ladrido de los perros, la irrealidad.*

# El laberinto

*a Octavio Paz*

Soñé que me encontraba en el laberinto. Quien me perseguía era la chingada, la mítica mujer gorda de enormes tetas que sonreía con unos dientes putrefactos. Deseaba alcanzarme no sé con qué propósitos, quizá quería *chingarme*. Entré por otro de los pasadizos. Las paredes del laberinto estaban hechas con desecho, con montañas de detritus sobre los que niños famélicos escarbaban. Comencé a correr en zigzag, tratando de evitar a los otros que por ahí deambulaban pidiendo limosna. Con los ojos bien abiertos y el corazón lleno de adrenalina, intenté vislumbrar el horizonte, pero no había forma, por la neblina con olor a quemado que imposibilitaba la visión, las paredes enormes. En un momento me detuve a coger aire. Noté que los niños no podían verme, pues sus ojos no tenían pupilas, eran como dos moluscos blancos que habitaban en la cuenca de sus ojos.

La chingada volvió a rugir y levantó los brazos abalanzándose sobre mi ser. Reinicié la carrera a grandes zancadas. Volví a doblar en una de las curvas de aquel extraño lugar, cuyo hedor era de igual forma insoportable. Insectos subían por las paredes de desperdicio comprimido, roedores y otras alimañas que también buscaban vida en aquel sitio. Lo más desconcertante, quizá, era que el piso de los callejones donde iba corriendo para no ser alcanzado por aquel ser aterrador estaba limpio; era de una arenilla blanca más parecida a la de una playa en el Caribe. Los lados de las paredes eran de texturas extrañas, de donde sobresalían los cartones de leche, latas de antiguas sopas y empaques de comida congelada, productos para bebés, abuelos, gente joven, en general detritus.

Sin aminorar el ritmo, volteé a ver a mi perseguidora. Sus tres tetas se bamboleaban de un lado a otro y sus cabellos lacios y sucios semejaban serpientes oscuras que se enrollaban entre sí. A veces el camino se cortaba abruptamente en esquinas, en otros pasillos eran curvas prolongadas. Por un momento pensé ascender una de aquellas paredes. Lo intenté, pero el desperdicio se vino abajo y casi me cubrió. Me puse de pie inmediatamente al escuchar el retumbar de los pasos de la chingada, que como un toro pisaba firme y de igual manera tenía fuerte carrera. Recuerdo que al llegar a una intersección de dos caminos y por donde además ya había pasado, me detuve en seco resoplando, la mujer monstruosa también se detuvo aunque apenas unos segundos en que aprovechó para casi darme alcance. Recuerdo pensar, ¿qué sentido tenía correr, escapar dentro de este mundo circular? ¿Por qué mejor no enfrentarme a mi destino? Fue entonces cuando desperté, no sé si cambiado o no, pero con un sentido de las cosas diferente, junto a una puerta, al parecer cerrada, un muro altísimo que llegaba al cielo. Al otro extremo la desolación, el desierto . . . pensé en mis hermanos.

*Espero que esté todo bien con mi familia* dije, y se me enchinó la piel.

# Una vez abajo no se olviden de encomendarse a Dios

———

*a los Chicanos activistas, profesores y*
*artistas, por su legado*

Era una escena extraña, especialmente para un día primero de mes y en lunes. El tipo le gritaba a Dios con toda la fuerza de sus pulmones, mirando hacia lo alto de los rascacielos, parecía desesperado.

Levanté la cabeza. Quizá nosotros, para los de arriba, en aquellas ventanas cerca del cielo, no éramos sino dos garabatos insignificantes, manchas moviéndose de un punto a otro. Todo lo insignificante.

Nos encontrábamos en Times Square, el mayor símbolo comercial del mundo, después de Tokio, y sitio obligatorio que divide a Manhattan en dos.

—¡Hey, Dios! ¿¡Estás ahí!? —gritó nuevamente con voz en cuello. Giraba la cabeza mirando hacia arriba, sin que nadie se asomara por ninguna de aquellas miles y miles de ventanas, o por alguna de las nubes arriba de los rascacielos.

Me detuve, nadie más lo hizo. Lo observé.

—¡Hey, Dios . . . ¿me escuchas?! —lanzó a los cuatro vientos.

No parecía un homeless, tampoco un loco y ni siquiera otro de los miles de desquiciados que habitan esta ciudad, donde casi todo el mundo tiene algún problema de salud mental, al menos. Venía vestido con un traje azul marino, camisa azul clara y corbata a rayas, aunque con pantuflas y sin calcetines. Volvió a gritar con la cara enrojecida por el esfuerzo, ahora implorando.

—Dios, ¡estás ahí! ¡Respóndeme, carajo! —Tenía los ojos abiertísimos.

No sé sí pretendía que sus gritos alcanzaran el cielo, pero la verdad es que no pasaban siquiera al otro lado de la acera. Ya ustedes se imaginarán el escándalo de NY. Autos, camiones, gente hablando en sus teléfonos, ruido de aviones, de máquinas, del todo en movimiento.

El tipo ignorado, para no decir tirado de a loco.

Lo miré detenidamente. Traté de imaginarlo. No se veía sucio. Bien podía ser un científico, un cura o un profesor de historia. ¿Qué le había llevado hasta ése punto? Quizá había perdido la razón de pronto, en camino a sus tareas diarias. Lo cual es completamente posible y a cualquiera puede pasarle. ¿Qué no? Caminé hasta la esquina. Se me hacía tarde.

El hombre cruzó la avenida con un grupo de gente como un peatón normal. Aunque una vez estando del otro lado de la calle, se detuvo, volvió a levantar la cabeza y a gritar a Dios lo más alto que pudo, buscándolo detrás de los rascacielos, como si de veras éste fuera a aparecerse. Lanzó un nuevo alarido consternado, esta vez llamándolo Señor. Se metió las manos en el bolsillo, caminó hasta la esquina. Regresó a la acera de donde había partido no hacía más de diez minutos. Arrastró los pies hacia mí lentamente, se detuvo a medio camino y volvió a lanzar un nuevo aullido al cielo, sin preocuparse de la presencia de nadie, completamente concentrado en su misión de comunicarse con Dios, al que buscaba con los ojos llenos de esperanza.

Busqué en los bolsillos de la chaqueta, encontré un par de billetes de dólar y caminé hacia la entrada del subway.

Antes de desaparecer por las escaleras del metro en picada, volteé al cielo con esperanzas también . . . no fuera a ser que Dios lo estuviese escuchando . . . Y si era así, a mí que por lo menos me viera, aunque fuera por un par de minutitos.

# Escena de bar en un punto en el mapa

*a José Agustín*

Ross se encontraba en un bar de carretera bebiendo cerveza, e ingiriendo comida barata y grasosa.

En el otro extremo de la barra, una chica camionera, guapa, de unos 30 años, alta, fornida y que por su apariencia intimidaría a más de uno, también bebía mientras miraba el juego de fútbol en el televisor.

A Ross de hecho le gustaban las mujeres así, *grandotas aunque me peguen*, dijo para sí y sonrió. La rubia de botella parecía no tener clase alguna; se picó la nariz un par de veces, se rascó el sobaco y comió con las manos, aunque eso no amainaba su belleza y su buen cuerpo, el cual llevaba con desgano y modales masculinos.

Ella volteó a verle también al sentirse observada, una vez el plato limpio de alas de pollo y col en mayonesa.

Al principio pensó que era lesbiana, aunque después descubrió su equivocación. El caso es que más bien parecía que estuviera esperándole.

A la tercera cerveza ella fue la que vino a sentarse junto a él y no a la inversa. Entablaron plática.

—Fuck man, somos las dos únicas personas en este antro y hay demasiado espacio, ¿no crees? —dijo la mujer tomando asiento en el banco a su lado.

—Cierto, lo mismo digo yo —dijo él sonriendo y extendió una mano—. Me llamo Antonhy Ross, mucho gusto.

—Mucho gusto, soy Jana.

Ross sintió sus manos callosas, la fuerza en el apretón de manos.

—Salud —dijo Ross sin poder evitar el ojazo en detalle de piernas, pechos y cadera.

—¿Qué te trae por acá? —preguntó ella.

—Voy de paso a Lubbock, a un trabajito. ¿Y tú? —preguntó Ross sin poder evitar un segundo ojazo en detalle esta vez de muslos y cintura.

Ella lo miró con cierto desgano, aunque notó su mirada.

—Voy con una carga de motores japoneses hacía Baltimore, pero no puedo entrar hasta el lunes.

—¿Hay una regla?

—Muchas.

—Cierto.

—Es fin de semana feriado y hay horas muy específicas . . . además por el tráfico, es sencillamente de pesadilla.

—¿Cuánto? ¿Dos horas perdidas antes de entrar a la ciudad?

—¿Dos? Cuatro, cinco sentado en un tráfico de mierda, gastando gasolina —dijo Jana.

—Claro, un trago es mejor inversión que la maldita gasolina —se hizo el gracioso— también de acuerdo. —Esta vez llamó al cantinero al que le pidió dos cervezas, una para él y la otra para su amiga.

—En día y medio, tempranito, nada más entro aquí adelante a la interestatal, y de ahí derecho, seguro estoy haciendo mi entrega a las ocho de la mañana el lunes. El peor tráfico es el de las diez de la mañana.

—Claro, muy inteligente . . . Así que decidiste tomarte la tarde.

—¿Por qué no?

—Cinco horas en tráfico es algo que también detesto —comentó Ross.

—Sé lo que es el tráfico, no creas —dijo ella abriendo muy grande los fanales.

Los dos rieron.

El barman puso las cervezas frente a ellos.

—¿Cuánto llevas en ese jale? —preguntó Ross llevándose la botella a los labios.

—Ya voy para seis años.

—Ja, no pues, entonces eres experta.

—Pero prefiero tomarme una cerveza en una cantina —dijo la camionera.

Los dos volvieron a reír.

—Salud.

En la televisión, un reportero entrevistaba al inventor del *selfiearm*, que no era sino un trípode y un aditamento para abrazar al teléfono, explicaba el genio.

—Según las estadísticas, los que más se toman fotografías de sí mismos, los llamados selfies, son los feos —comentó Ross como un experto en banalidades.

—¿En serio? —Ella volteó a verlo interesada.

—Así que se ha inundado el internet como nunca de fealdad.

Rieron del comentario cruel e hicieron señas al cantinero. Bebían con avidez.

—Como nadie les tomó fotografías antes, ahora los feos están ansiosos por tomarse fotos ellos mismos.

—Es su forma de pasar a la historia, según creen.

—¿Según creen?

Volvieron a reír.

—¿Qué crueles somos los humanos, verdad? —dijo Jana.

Ross captó una pose femenina en su nueva amiga. Le gustaba la chica, sin duda, en gran parte por sus enigmáticos ojos negros, además del cuerpazo, claro.

—Hey, cierto, bien crueles.

—¿Seremos crueles de nacimiento?

—Dicen que no, que se aprende por imitación, al momento en que el niño imita al adulto.

Ambos pusieron los ojos en la televisión y no dijeron nada, por minutos, disfrutando cada uno de su cerveza. Ross oscura, Jana lager.

—Ahorita que mencionas eso, me vino un recuerdo.

—¿De qué se trata?

—Soy del sur y ahí las clases sociales están muy marcadas. Arriba están los de apellidos rimbombantes. Abajo sólo hay rednecks, negros y latinos, en ese orden.

—Siempre, claro.

—Soy de los primeros, así que cuidado con lo que digas —le advirtió ella levantando el dedo índice.

—Nada, nada. —Ross levantó las manos.

—Vivíamos en un rancho —continuó ella—. El caso es que todos los de abajo de aquel próspero lugar la habían agarrado contra las pelonas, las dos hijas de la sirvienta mexicana, de quien todos abusaban, negros y blancos. No creas, las dos pobres chamacas se habían ganado su apodo de una manera trágica. Se llenaron de piojos, y de sus cabecitas, los bichos brincaron a la cabeza de la abuela de los blancos patrones, y de ahí a una tía que también debió perder parte del cabello antes de una importante fiesta. Fue tanto el enojó de esta mujer que se metió al cuarto de la sirvienta y las agarró a tijeretazos contra las pobres niñas. De ahí su apodo. Eran

tratadas menos que nada. Anduvieron sin pelo por diez años
. . . hasta que un día desaparecieron. No se supo si las agarró
la migra, o sólo emigraron a otro sitio.

Ross meneó la cabeza. —¿Y no sientes remordimiento?

—Claro, pero yo también era una niña, así que la culpa
no fue mía.

Ross volvió a menear la cabeza. —Sólo los cobardes creen
que es correcto abusar del débil, que eso los hace más hombres —dijo Ross, esta vez en serio.

Jana dio un largo sorbo a su cerveza y dijo: —No te creas,
conozco a muchas abusivas. Pero comparto tu opinión, compadre, sólo los cobardes se regodean de su hombría abusando
de los desvalidos, las mujeres y los desarmados.

En la televisión terminaron los comerciales y reinició el
partido de fútbol.

A Ross ninguno de los dos equipos le interesaba un carajo, pero siempre era bueno ver el desarrollo de las jugadas,
sobre todo las defensivas.

—Vas a pensar que estoy loca, pero mis máximas revelaciones han sido en bares, hoteles, casinos y gasolineras . . .
buscando cerveza —dijo Jana con ojos vidriosos.

—Entiendo lo de las revelaciones.

En ese preciso momento entró otro hombre y vino a la
barra, se sentó en el banco inmediato a Jana, pidió un tequila
y una cerveza. El cantinero ni tardo ni perezoso llegó con la
orden y los puso frente a su tercer cliente. El recién llegado
levantó la copa y lanzó un salud generalizado.

Brindaron todos, incluido el cantinero que se sirvió un
poco de ron blanco con agua.

—Salud —dijeron al unísono.

—En esta cultura, la cacería es un acto solitario. Te dan
un arma y puedes pasar un día o un mes pacientemente, pero

no puedes regresar hasta que no tengas una pieza contigo entre las manos y te has llenado las manos de sangre.

A Ross el comentario del tipo le pareció fuera de lugar. Jana tampoco dijo nada. El hombre vació su vaso y pidió otro trago.

Ni tardo ni perezoso, el cantinero le sirvió eficaz.

—Las verdades se meten en frascos y se cierran para que no apesten. Son como embriones catalogados y guardados en estantes secretos. Algunos las coleccionan, pero los políticos tienden a desaparecerlas, aunque muchos las esconden en los cajones inferiores de sus costosos escritorios. A las verdades hay que cortarles el aire para que no les salga moho y se pudran. Como todo, tienen un ciclo de vida. A veces cambian de color y otras muchas veces, sobre todo cuando se combinan en los frascos, hay algunas que se separan como el agua y el aceite; pues, resultan mentiras. Esos terribles nonatos, que prefieren que nadie los vea, son seres monstruosos con cola de puerco, tres ojos en el rostro, brazos muy cortos, y en los pies ocho dedos.

Ross pensó que el tipo era quizá un poeta o un borracho inspirado.

—Existen tres tipos de equilibrio de acuerdo a las reglas científicas: equilibrio estable, equilibrio inestable y equilibrio neutral. La posición del centro de gravedad es de suma importancia para determinar el equilibrio y la estabilidad de un cuerpo. Cuando un cuerpo regresa a su posición original, después de haber sido subvertido, se dice que el equilibrio es estable. —El tipo dejó un billete en la barra y, como entró, salió del local.

Una vez solos, Jana y Ross estallaron en carcajadas.

Estando en ese bar, Ross se dio cuenta de pronto, en la borrachera, del azar de la vida y de la inutilidad de la existencia.

—La primera vez que disparé contra una persona, me sentí triste más que nada, como si hubiera perdido algo, un no sé qué. Sentí un nudo en la garganta que me duró varios días, un ligero dolor en el corazón. Para reconciliarme conmigo, tuve que repetirme que el tipo era un asesino, no una buena persona, ni un hombre de bien, sino alguien que se lo merecía porque era un peligro para el resto de los hombres y volvería a hacer daño y crear dolor. Con todo y eso fue bien difícil.

La participación de Ross dejó fría a su oyente, Jana se reacomodó en su lugar sin saber aún, sino hasta más tarde, en la intimidad, que aquel hombre era una leyenda en el campo de la impartición de justicia, lo que se dice: un asesino a sueldo.

# Road Movie

*a mi padre (1942-2017)*

## 1

El deportivo rojo se detuvo. Un hombre no mayor de treinta años descendió del ocho cilindros, azotando la puerta de un manotazo. Miró a lo lejos. Caminó hasta una reja que prohibía el paso. El alambrado parecía no tener fin. "No trespassing" leyó. Un gran candado cerraba una cadena, tendida de un poste metálico a otro. Aspiró del cigarrillo y miró a lo lejos: el camino se extendía a lo largo y más allá de esa estúpida reja. Era una hermosa carretera que cruzaba el desierto de Chihuahua. Se arrancó los anteojos, trituró el cigarrillo en el suelo y estudió la situación. No deseaba regresar.

Embragó, metió reversa. El auto retrocedió unos veinte metros, se detuvo. Hasta entonces el silencio. Su mano en la oscuridad pulsó el botón del radio, empujó el cassette. Una letanía de guitarras eléctricas rasgó el ambiente como miles de cristales haciéndose añicos. Pisó el acelerador hasta el fondo y las llantas en el pavimento patinaron lanzando alaridos. Un grito se le escapó de la garganta, cerró los ojos por un minuto al sentir el impacto, se aferró al volante, escuchó el golpe. El auto saltó por los aires y volvió a tocar tierra.

El conductor abrió los ojos y accionó el freno. El Corvette derrapó en la arenilla del acotamiento. Respiró profundo. El conductor volvió a descender del vehículo y evaluó los daños. Apenas un golpe en el cofre, una abolladura en la defensa y dos raspones en el costado izquierdo. *Al carajo las fronteras* dijo. Azotó la puerta y volvió al auto. Del tablero cogió la cajetilla de cigarrillos y encendió uno. El amanecer comenzaba a perfilarse a lo lejos y pronto saldría el sol implacable del desierto. Embragó y salió derrapando.

Este era el inicio de la verdadera historia americana. Así debía ser, una carretera vacía bordeada por cactus, espejismos y el cráneo blanquísimo de un toro sobre un nido de hormigas. Aspiró del cigarrillo y arrojó anillos de humo hacia el espejo retrovisor. Cigarrillos, cervezas calientes, cacahuates y fast food, eso había sido su comida en varios días. Al fondo las nubes rojas, el horizonte. Cambió a quinta, acomodó los anteojos en el estuche. El motor sonaba estable, amaba aquel ruido. Le encantaba la sensación de libertad, el viento en la cara, la nada enfrente, más que la carretera, la línea en medio del camino. Bajó un poco el volumen. Tamborileó los dedos sobre el volante, la canción le gustó y comenzó a cantarla. Disfrutaba del inacabable placer del asfalto, la línea blanca tratando de escapar a los ocho cilindros que devoraban tierra contra el tiempo, y la distancia.

*¿Cuál era el significado del bólido rojo aquel, al rojo vivo, cruzando aquel oasis fílmico de cactus y pasto seco?*

Peter sonrió a sus adentros, estaba seguro de que daría con Valeria. Regresó en el radio un track y la canción volvió a repetirse. El rugido ahora se duplicó, hizo vibrar el aire, alterar la paz de aquel lugar.

La fiera metálica —y su ocupante solitario— que obligaba a huir a los roedores hacia sus madrigueras, a las serpientes enroscadas al sol a despertarse, a las lagartijas y otros saurios a cambiar de color sobre la arena. Pero también ponía nerviosos a los buitres, a las hienas. El desierto, ahora a través de la gota de un cactáceo, el desierto, donde muy pocas cosas pasan, excepto la tragedia diaria del erial, lo que antes fue valle, mar, laguna, paisaje, el significado de la nada. Arizona en toda su extensión, la noche que iba tornándose en día, el azul pálido de un cielo que hasta hace poco era rojo, las luces del Corvette aún prendidas.

Aquélla era quizá la imagen idealizada del aventurero solitario, aunque para él no era sino un script al que estaba condenado. En pleno medio: el vehículo de frente. De un lado. Detalle de una llanta girando rápidamente. Una mano aferrada al volante. Una bota de *cowboy* que se hunde en el pedal de acelerador. El reflejo del paisaje en unas gafas negras. Los restos de un cigarrillo que se consumen en el cenicero. Las bocinas que retumban por la fuerza de la música enloquecida en coreografía con la aguja que golpea en el cronómetro. El retrovisor con la carretera huyendo detrás. La música de guitarras que va cortando el silencio, el viento estático.

Era el cliché de la historia americana, pensó, un hombre en busca de su destino en la panorámica de una locación única. Ridículo. *¿A qué venir a buscar la suerte en el desierto?* Sonrió a sus adentros.

Arriba, el sol, como una gran fuente de luz ascendía por segunda vez consecutiva lentamente hasta las doce del día; a millas por velocidad. Ahora era un gran foco, cuyo halo circundaba al bólido que partía el desierto en dos, mientras un olor a neumático inundaba el ambiente de la realidad convertida en *set*.

A lo lejos Peter vio un poblado.

El auto era parte de una visión con diseño aerodinámico y carburadores que ametrallaban gasolina. Embragó y metió cuarta dejando de acelerar, tomó la curva y el auto salió ligeramente del acotamiento. Ante sus ojos el paisaje pasando, al fondo las montañas. Vio un letrero que anunciaba gas y alojamiento.

Peter miró el medidor, menos de medio cuarto de tanque. Aunque primero dormiría. Bostezó, era justo dormir, necesitaba descansar, llevaba todo un día y toda una noche sobre el camino, manejando sin parar. Puso la direccional y quitó el pie del acelerador para tomar la curva. "Flagstaff", leyó. Redujo la velocidad, se detuvo en el semáforo. Se encontraba en las primeras calles del poblado. A lo lejos leyó: *Vacancies* "Canyon Inn Motel". Sintió que sus párpados eran dos cortinas metálicas muy pesadas amenazando con cerrarse. Se detuvo a la entrada del hotel. Estacionó el auto junto a una camioneta que transportaba caballos. Apagó el motor, dejó que la nube de polvo detrás se disipara. Extrajo el casete del radio y apagó éste. Descendió del Corvette, estiró los brazos, levantó las piernas. Caminó hasta la recepción. Se registró como Peter Wimbert, aunque su verdadero nombre era Peter García.

El encargado del hotel escuchaba música country y hojeaba una revista pornográfica sobre el mostrador. Peter pagó. Salió nuevamente al pasillo con una llave, recordó que debía llamar a alguien por teléfono, aunque no recordaba a quién, y además de verdad se sentía muerto. En piloto automático llegó a una puerta y entró a un cuarto. Apenas estuvo adentro, encendió el televisor con el volumen muy bajo. Tomó asiento en la cama, se quitó las botas, se acomodó en la cama y durmió por dos días completos.

Unas luces de auto emergieron de la oscuridad de una curva, el bólido se despegó diez segundos del pavimento y se desplazó por los aires, suavemente volvió a caer y en las sombras desaparecer. A lo lejos un olor a neumático caliente, a gasolina hervida, a velocidad en carrera contra el tiempo.

## 2

Peter García había salido de San Antonio hacía ya tres meses. Su padre había muerto, dejándole como única herencia aquel coche que ahora manejaba. Un capricho de su viejo, que lo había conservado intacto, un auto impecable. No le había heredado otra cosa. Por supuesto tampoco tenía casa, ni ciudad con la cual identificarse, menos parientes, excepto el nombre de un par de tíos del lado de su padre, tíos lejanos que suponía vivían en aquella ciudad en medio de la nada a la que se dirigía. Del lado materno, con domicilio en New Mexico, le vivían todavía varios parientes, a los que por cierto no había frecuentado mucho y quizá no volvería a ver.

Toda su infancia había vivido en casas móviles, *trailer parks*, camionetas *vans* o cuartos de hotel. Eso recordaba de su infancia. Al cumplir los catorce años, sus padres decidieron que era momento de asentarse, pensando en la escuela para su vástago. *"El camino no es lo mejor para un hijo, un chico necesita raíces"* dijo la madre convencida. El más infeliz había sido su padre, acostumbrado a las direcciones temporales, los trabajos de medio tiempo y las amistades efímeras. Finalmente se establecieron en Asheville. No por la excelencia del departamento de educación o sus bajas rentas, sino porque hasta ahí había llegado el *camper* de dos recámaras y 90 mil kilómetros recorridos. Con el poco dinero que resultó de la venta de la camper y otro poco que habían venido guardando sus padres, se dio el enganche de una pequeña casa móvil con jardín al frente y cochera, en la que vivió por doce años. Ahí pasó su infancia, su adolescencia, sus padres envejecidos, muertos. Al final la hermosa casita móvil también se había perdido, al igual que la pequeña lavandería que administraba su madre hasta antes de enfermarse de cáncer. *El tiempo lo consume todo.*

Peter despertó con un hambre de perro. Se puso de pie. El estómago comenzó a gruñirle.

Se miró al espejo, se veía demacrado y sucio. Se olió las axilas, apestaban, también le apestaban los pies. Había tenido un sueño, ahora lo recordaba, siempre era el mismo: un tipo valiente que con el auto derriba una puerta metálica, colocada a mitad de una carretera solitaria.

Se metió a bañar, aunque a falta de ropa limpia volvió a ponerse la misma ropa, excepto por los calcetines que quedaron en una esquina detrás de la cómoda. Salió del cuarto, fue a la administración y pagó por el segundo día. Subió al automóvil, y antes de ponerlo en marcha, se vistió los calcetines extras que llevaba en la cajuela. Volvió a bajar del auto. Abrió el cofre, extrajo la bayoneta del aceite, no le faltaba, agua tampoco. El anticongelante a nivel y el líquido de frenos también. Salió de reversa, debía poner gasolina eso sin duda. Sintió ganas de una hamburguesa con queso y papas. Desayunaría en el camino.

Se había hecho a la idea de encontrar a los tíos para informales del deceso de su padre. Pensó que eso era lo menos que podía hacer. Mientras cargaba gasolina miró el mapa de Arizona. Según sus cálculos aquel punto en el papel no debía estar más allá de día y medio de camino. Llenó el tanque y entró a pagar. Cogió cinco botellas de agua, un doce de cervezas, dos bolsas de papas gigantescas, una de cacahuates y compró cigarros. Engulló dos hot dogs mientras el empleado guardaba todo en las bolsas de plástico. También tomó dos litros de aceite y un anticoagulante de uno de los anaqueles. Pensó que quizá debería esperar para viajar de noche, dado que la temperatura amenazaba con sobrepasar los 120 grados Fahrenheit. Mientras pagaba vio entrar a una linda pelirroja que le sonrió desde la puerta. Le sonrió de regreso y le cerró un ojo. Recibió su cambio, lo guardó en el bolsillo del pantalón y volteó hacia el fondo. La chica también hurgaba en los refrigeradores. *Bonito cuerpo* pensó. Con la imagen femenina en los ojos, regresó al auto. Encendió la radio y el AC, aunque no el motor. Destapó una cerveza y bebió con avidez más de media lata. Eructó. Abrió la bolsa de papas y tomó un puñado. Las masticó lentamente, bebió la otra mitad de la cerveza y arrojó el bote en una de las bolsas de plástico. Finalmente la chica apareció por la puerta y corrió hacia un camión que transportaba caballos. Reconoció el vehículo. Era el mismo que había visto en el parqueo del hotel el primer día. El conductor era otra mujer, mayor, de pelo negro y piel muy blanca. *¿Será su madre?* volvió a preguntarse Peter. *¿Serán de algún rancho aquí cerca?* Cuando el camión dobló en la esquina, puso el auto en marcha. Tuvo la certidumbre de que se las volvería a encontrar. Peter sonrió para sí. Aquella mujer le gustaba . . . además creía haberla visto antes, en algún lado.

Tomó un camino vecinal según el mapa en el asiento del copiloto.

*Todo esto que se narra aquí es por supuesto antes del teléfono celular y el GPS. Un antes, no sabemos cuándo, evidentemente en un tiempo en el pasado, no sólo por la vestimenta de los personajes, las cosas y el modelo de los autos. El tipo aquel anda paseando en el pasado, aunque tampoco es completamente de ahí.*

## 3

Peter detuvo el auto en seco. Era por demás, estaba perdido. Ahora tenía que regresar por lo menos veinticinco millas para tomar la dirección acertada. Volvió a mirar el mapa. Debía haberse equivocado al tomar la carretera hacia el norte en lugar de hacia el sur. Meneó la cabeza. Dio vuelta en U y regresó por la misma carretera ahora en sentido inverso, echando pestes contra sí mismo. Al salir del tramo de curvas observó un camión de caballos detenido en el acotamiento. Pasó de largo. Por el retrovisor vio a las mujeres asomadas al motor del camión que parecía haberse averiado. Detuvo el auto. Por el retrovisor también vio el cuerpo de la joven de espaldas: buenas caderas, piernas largas y bien formadas. Metió reversa. Antes de soltar el embrague, pensó que una vez más estaba cayendo en la trampa.

*Aquello era lo que cualquier otro personaje de Road Movie estaría haciendo, yendo de reversa para auxiliarlas. ¿Por qué tenía que repetirse la historia vez tras vez? Los mismos clichés, las mismas casualidades, aquello era el colmo.*

La mujer mayor salió del motor, dado que prácticamente estaba dentro y fue a la cabina, seguramente a recargar la escopeta. La joven volteó y agitó la mano. Su cara le recordó a una antigua novia. Se detuvo a unos metros de su camión. Bajó del auto arremangándose la camisa.

—¿Sabes algo de autos o sólo vienes a saludarnos? —dijo arisca la mujer mayor desde la ventanilla del chofer en voz alta.

Las miró a ambas. —Las dos cosas —dijo Peter sonriendo al caminar hacia ellas.

La mujer dentro de la cabina le enseñó un rifle de dos cañones. Peter levantó las manos en un acto reflejo: —¡Tranquilas, tranquilas! No tengo ninguna mala intención. . . . Es más, no cargo una arma.

—¿Seguro?—. Ahora fue la joven quien interrogó.

Peter se levantó la camisa y se giró: —Limpio.

—Levántate el pantalón —exigió la que lo encañonaba desde la cabina—. Muéstranos los calcetines.

Peter precedió a hacer lo que le ordenaban y subió el pantalón hasta las rodillas.

—Okay, okay. ¿Cómo te llamas? —preguntó la joven que se le acercó, siempre más conciliadora.

—Me llamo Peter. Voy a Oro Valley a ver a mis tíos. La chica pelirroja sonrió. —Esta es Laurie y yo soy Valeria. Como verás, trasportamos caballos. Vamos a recoger a dos para llevarlos a Phoenix en menos de dos días —dijo y brincó de la defensa del camión al suelo.

—Déjenme ver . . . Si es algo sencillo, lo arreglamos —dijo Peter ascendiendo por la parrilla y metiendo medio cuerpo debajo del capote del motor.

Laurie y Valeria intercambiaron miradas.

—¿No tendrán una lámpara de casualidad? —preguntó Peter.

—Usa mi llavero, lleva una lámpara al frente, debajo del aro tiene un botoncito —dijo Valeria.

Peter cogió el llavero, tardó varios minutos en ubicar el problema, movió las manos dentro. Sacó la cabeza del cofre.

—Ya apreté el filtro que amenazaba con caerse. Una de las bandas se reventó y eso hizo calentar el termostato. Es una pieza importante para el sistema de enfriamiento del motor.

—¿En serio?

—Con este calor eso debe pasar muy seguido por aquí. —Peter descendió de la defensa en plan sabelotodo y giró la cabeza de un lado a otro—. Yo siempre traigo una banda extra por si acaso.

Las mujeres intercambiaron miradas.

—¿Y si intentamos continuar hasta que encontremos un poblado? —sugirió Valeria.

—¿Manejando lentamente? —agregó Laurie.

Peter las miró un momento. —No lo recomendaría. El termostato del motor puede fundirse por completo, y eso es una reparación bastante costosa. Sugiero reparar primero la banda. Comprarla y ponérsela. Es sencillo.

Ambas guardaron silencio. Se escuchó el graznido de un águila en el cielo.

—¿Y ahora? —preguntó Valeria a su colega.

Laurie levantó los hombros. —¿Qué recomiendas?

Valeria le pasó la pregunta a Peter.

Peter la miró de frente. La pelirroja era una linda chica. Le gustaba sin duda. Balbuceó: —No sé . . . comprarla, en el poblado más cercano supongo. . . .

—¿Hablas en serio?

—No veo de otra.

—¿Dónde? —preguntó la mujer mayor.

—Ni idea . . . —respondió Peter—. Tampoco soy de por estos sitios. —Trató de mirar el engomado en el cristal del camión, pero no pudo.

—Necesitamos recoger dos jodidos caballos en unas horas —dijo la joven—. Las señales en la carretera son terribles —Valeria se quejaba.

Peter estiró la mano y le mostró el pedazo de hule. —Sin esto, dudo de que lleguen a ningún lado.

Valeria se cogió la barbilla preocupada. Laurie pateó una piedrecilla del suelo con violencia.

Peter observó a la chica y dijo: —Si quieren, las puedo llevar a buscar la banda al pueblo más cercano . . . si hay, —dijo esto último mirando la carretera solitaria extendiéndose en una dirección a la otra.

—¿Pero y el camión . . . ? —preguntó Laurie compungida, era su responsabilidad.

—Ciérrenlo ¿qué más? Esperemos que haya algo cerca. Esto parece muy sólo. . . . Quiero decir que no creo que nadie se lo robe.

—Qué bueno que no venimos con animales. Eso hubiera sido un gran problema —comentó Laurie, descendiendo del camión, no sin antes esconder el arma debajo del asiento.

Laurie y Valeria intercambiaron miradas. Pero también Valeria y Peter.

## 4

Los tres subieron al automóvil, Laurie atrás. Por cincuenta millas Valeria y Peter hablaron de un montón de cosas, rieron. Laurie dormitó atrás cabeceando. Valeria y Peter venían felices, se contaron cosas de sus vidas. Comentaron de la música, apreciaron el paisaje. El auto entró a un camino y salió a otro. Más tarde se hallaron en el poblado que en dos días habrían de abandonar cada quien por diferente rumbo. Ahora las calles parecían estar muertas. Quizá por el calor que se ensañaba con todos, principalmente contra las sombras a las que devoraba cubriéndolas de luz. Buscaron refaccionarias, ninguna. Finalmente dieron con un taller mecánico. El hombre resultó ser amable. No tenía ese tipo de banda, dijo, había que ir a una ciudad mayor ubicada a cuatro horas de ida y otras cuatro de vuelta. Laurie se lamentó y Valeria maldijo.

Él podría hacerlo, ofreció el mecánico, ya que debía recoger otros pendientes, aunque por supuesto eso elevaría un poco el precio de la reparación. La otra opción era llamar directamente al distribuidor y ordenarla, pero podría dilatar hasta dos semanas. En cuanto al camión tirado en la carretera, él iría inmediatamente por este y lo remolcaría sano y salvo hasta el taller.

Laurie y Valeria se conformaron. Finalmente, no era sino una pequeña desgracia. Dieron gracias a Dios por que hubiera sucedido antes de la entrega de los caballos.

Fueron a un bar, pidieron asado, papas, cervezas.

Valeria se disculpó y salió del bar. Se encaminó a un teléfono público, justo afuera de una tienda de sombreros y marcó un número que se sabía de memoria. Secamente, aunque con tacto, le informó de los sucesos a su jefa. Esta no pudo ocultar su enojo, y Valeria no se salvó de un regaño. Al final la jefa comprendió el problema y aprobó gastar en la reparación, en la grúa, pero no en lo del hotel, ya que eso corría por su cuenta, para que escarmentaran. Por su culpa el consultorio estaba perdiendo un buen contrato. Valeria tuvo que disculparse, aunque no supo porqué. "Accidentes le suceden a cualquiera", fue el argumento que iba a montar, aunque al final no dijo nada. "¡Como carajos iba a saber que una banda se iba a reventar!" quería gritarle a su patrona, pero se mordió la lengua.

Peter y Laurie platicaron un poco de autos y de comida, de motores y cervezas, mientras esperaban a Valeria. Por boca de la fornida Laurie se enteró de que no eran madre e hija, ni siquiera parientes. Tanto ella como Valeria trabajaban para Louise, que tenía un rancho y era veterinaria especializada en caballos de carreras.

Más tarde fueron a un hotel, pidieron cuartos separados . . . aunque Peter y Valeria durmieron juntos. Dos cuerpos jóvenes, hermosos, mezclando sus pasiones, brillando en una cama, de fondo el sonido del televisor muy bajo. Como testigo la hélice de un ventilador en el techo.

## 5

Varios tanques de gasolina de por medio y varios litros de cerveza en la barriga, finalmente Peter se encontró en el pueblo donde suponía vivían sus tíos. Un sitio árido y triste con el rimbombante nombre de "Oro Valley" al que la globalización había golpeado fuerte. La población era reducida y, más que todo, había pocos jóvenes. Viejos aquí, viejos allá. El lugar se había quedado estacionado en el tiempo. Era como una vieja Polaroid amarillenta que se negaba a desaparecer. Dio con la dirección que llevaba escrita en un papelillo azul y tocó el timbre. Quien abrió la puerta fue un joven asiático que lo dejó pasar a su casa, una vez escuchado el apellido García.

En la sala, se encontró de frente con un hombre de aspecto lunático, que postrado en una silla de ruedas miraba la televisión, ausente. Trató de hablarle, pero el otro ni reparó en su presencia. Con todo, Peter lo miró de arriba abajo y le informó de la muerte de su hermano.

De boca del joven asiático Peter escuchó que uno de los tíos había muerto y que el otro, ahí enfrente, padecía de Alzheimer. El viejo volvió a verlo con cara de repulsión, pero habló, y entre incoherencias le dijo de plano que no recordaba nada. Una vez que escuchó que su hermano había muerto, el otro levantó los hombres y negó tener un hermano.

Peter se sintió decepcionado. Regresaron a la puerta. El joven y Peter se despidieron con un abrazo y se llamaron primos. El joven fue a una de las paredes, descolgó unos de los cuadros y, desarmándolo, le extendió una fotografía. En ella se veían a tres hombres jóvenes, felices de la vida parados sobre un puente. Peter reconoció a su padre al que se parecía bastante. En la instantánea hacía un gesto picarón y abrazaba a sus hermanos. Peter dobló la fotografía y la guardó en el bolsillo de la camisa, dijo gracias y salió a la calle.

Ya de nuevo sentado en el bólido rojo y antes de ponerlo en movimiento, miró la foto una vez más, esta vez con mayor atención. Los tíos Rufino y Marcial, junto a su padre. Encontró el parecido con su padre, pero a quien más se parecía era al tío Rufino, el que había ido a pelear en la Guerra de Corea, el que se había ganado la medalla púrpura al valor.

*Que sí se parecían. Podría ser él*, sonrió. "Cualquier cosa puedes negar, menos tu ascendencia".

Ya en la carretera recordó a Valeria y llegó a la conclusión de que aquella larga jornada no había sido inútil y menos aún un viaje perdido. Otra cosa que había ganado era aquella foto de sus tíos en la cartera siendo niños en Texas. Dos recuerdos amorosos, sonrió.

En cuanto a Velería, esperaba converger otra vez en este viaje por el tiempo, en medio del desierto, *en el road movie de la vida*.

"Valeria", dijo su nombre en voz alta. Esperaba encontrársela otra vez, para que volviera a valer la pena la vuelta.

—¡Valeria! —gritó por la ventanilla, y el eco se llevó el mensaje, lo duplicó, cuadriplicó.

Valeria, mientras dormía a muchos kilómetros de distancia lo escuchó e hizo una mueca involuntaria de felicidad.

Peter hundió hasta el fondo el pedal en el acelerador.

El bólido es ahora sólo un punto rojo que corre por un lienzo de arena y piedras amarillas, como una pintura abstracta al atardecer acompañado por música de guitarras eléctricas. Completa el cuadro un conductor que anda paseando en el pasado . . . aunque tampoco es completamente de ahí.

Los finales felices son poco comunes en los road movies, especialmente cuando el personaje va de huida y el amor de su vida de paso, o a la inversa.

# Dados cargados

*a don Pilo*

## 1

Karlos tenía un par de comodines en la mano, presentía la victoria, la veía clarita. *¿Cómo sabía que iba a ganar?* Ni la menor idea, aunque lo que fuera, le hacía sentirse feliz y seguro. Tantos años de jugador le habían dado cierta experiencia. Su adversario enfrente no tenía juego alguno; venía contando las cartas y había llegado a esa conclusión. El tipo era uno de esos gringos a los que les gustaba andar de fanfarrones. Karlos comenzó a subir la apuesta. Los otros jugadores se retiraron, hasta que sólo quedaron ellos frente a frente. K, como le decían quienes lo conocían en las mesas de juego, se dijo: *¿Qué pensaste, gringo? ¿Que era un tipo con suerte de novato? ¿O que por ser latino era idiota?* K subió la apuesta, era obvio que el gringo deseaba apoderarse del montón de fichas que frente a él se apilaban. K por kabrón, por kanijo, por kariñoso.

En un alarde, el gringo puso dos fajos de billetes sobre el montón de fichas en la mesa, pensando que K se retiraría con la cola entre las patas.

K pagó, se quedó con una sola ficha. *Si pierdo me quedarán veinte dólares, justamente para el taxi.* Sonrió para sí de su propio sarcasmo. K tomó una nueva carta, una de menor importancia que pasó sobre sus otras cartas y la bajó a la mesa. Su adversario bajó una carta de menor importancia también y dejó ver su nerviosismo. Se miraron uno a otro con ojos de pistola. De odio se llenó el ambiente.

Para ser sinceros, hacía mucho que Karlos había perdido el miedo, sobre todo en cuanto a jugar se refería. K le regresó una mirada juguetona y cínica a su contrincante: una mirada de lobo (su abuela hubiera preferido decir que se trataba de una mirada de zorro). El hombre abrió su juego y lo arrojó a la mesa sin elegancia. Par de cincos. Hubo exclamaciones al aire, los que apostaban por fuera subieron las apuestas. El cowboy soltó un par de maldiciones al aire.

*Esto no era más que un juego más, al carajo*, se dijo K, lo demás y sobre todo: *el que se enoja pierde*. El tipo podía hacerle como quisiera, pensó K; había ganado y estaba por retirarse.

Su propósito era resolver las cosas adoptando una actitud fría y distante, calculada pero estratégica. Todas estas eran palabras de Chian Ho, su maestro de Taekwondo, a quien debía bastante también. *Uno siempre le debe a alguien más.* Antes de mostrar su juego, levantó su trago y lo bebió hasta el fondo saboreándolo en un acto teatral, todo justo antes de tocar mesa y mostrarle a aquel payaso las cartas. Volvió a reacomodarlas en sus manos y las depositó con ternura en la mesa. Aquéllos eran los últimos detalles de la jugada, una escalera real. Aplausos. Lo celebraron los mirones, los apostadores chocaron vasos de júbilo. "¡Qué juegazo, carajo!" lanzó alguien al aire.

El gringo pareció ponerse lívido.

K no pudo evitar una sonrisa. Plata. Suerte que le permitiría meterse al bolsillo capital suficiente como para hacerse de un buen auto, con el que pensaba irse a Los Ángeles, donde había algo que lo estaba llamando y no sabía realmente qué era, sólo sabía que debía ir, incluso su abuela lo había sugerido en uno de esos sueños en los que lo visitaba para darle enseñanzas. Atrajo las fichas hacia sí.

—¿Qué pensaste, que ibas a comprar jugada? —dijo K sin poderse controlar—. Me retiro. —Tomó las fichas de la mesa.

—Siempre hay que saber retirarse a tiempo. —Sonrió a su adversario.

El güero intentó provocarlo: —¡¿Te da miedo, mexicano?! ¡Juguemos más!

—Nada, me retiro por esta noche.

—¡No te abras, una más!

K juntó sus fichas en montoncitos y fue metiéndoles en el bolsillo de la chamarra, sin dejar de mirar al otro, ni sonreír a la gente alrededor que lo veían, algunos con envidia, otros con coraje, otros más con admiración.

—Eres un cobarde, mexicanito, como todos ustedes.

Para retarle, lo ofendía. Era una vieja táctica de jugador herido, la misma que él había usado en otras ocasiones. K se colocó las gafas oscuras y de frente le dijo: —Ya te gané gringo. ¿Qué más? . . . Y para tu información, mañana me espera un largo viaje temprano en la mañana. Si no, juro que me quedaba jugando, para sacarte más dinero. Buenas noches.

—¡Juguemos una más, no te abras! —gritó su contrincante molesto.

Terminó de guardar sus fichas y las tres últimas se las dio de propina al crupier. Se puso de pie con intenciones de ir directo a la caja para cambiarlas por dólares y largarse de ahí. Dio tres pasos, volteó y le dijo a su contrincante herido que echaba espuma por la boca.

—Tú también deberías de irte a casa, gringo. Los corajes son malos para el hígado, te vas a poner más pálido.

## 2

"El Castillo" era un casino de media monta administrado por una tribu de indígenas, algunos de los cuales, ostentosos, se veía, eran los patrones del lugar por la forma en cómo se manejaban y lucían. En su camino al bar, Karlos vio a uno de estos jefes pasar del brazo de dos Pocahontas de tetas grandes. Pensando en tetas, se sentó en una mesa con cuatro jugadores, en una silla que estaba vacía, como esperándole. . . . Perdió tres veces en la ruleta, casi la mitad de su capital. Hacía varios meses que no se sentaba a jugársela, como se dice, aunque también sabía que era mejor no tentar a la mala racha. Tuvo un momento de lucidez y se dijo que era mejor pararle. Así lo hizo. Se levantó, caminó por ahí, se tomó dos cervezas en una de las barras. Tenía tiempo, había sido una acción arrebatada. Iba de camino a Los Ángeles aunque no sabía a qué. Era algo que lo llamaba, algo como una necesidad. Se dispuso a saborear la cerveza en su tarro y se sentó en una de las mesas del lugar, en una silla que le permitía ver toda la acción. Gente en general, pero también crupieres y empleados. Los ojos de Karlos aprovecharon para admirar la anatomía de las mujeres que pasaban. *Eso de meterse a la cama con una mujer requiere tiempo, imaginación, dinero por supuesto, pero también control . . .* dialogó Karlos consigo mismo. *Eso de que uno ve a la susodicha y se le quiere ir encima, cual perro de cuadrilla . . .* Sonrió para sí. Sus ojos se agrandaron al ver a la chica en cuestión. Era una mulata que llevaba un vestido negro de una pieza, mallas negras, botas a la altura de la espinilla y una estatura aproximada al uno setenta y cinco. Buena pierna, con cintura y buenas caderas. Karlos peló los ojos y la estudió de arriba abajo. Algo como un imán lo atrajo hacia ella.

Por alguna razón la chica se encontraba sola, bebiendo un daiquirí y consultando su teléfono. Karlos se acercó a ella y de la forma más natural le habló de cualquier cosa primero, del gusto de apostar a los dados, de lo bien servidos que daban los tragos en El Castillo, de lo amañado de las maquinitas. Entonces intentó convencerla de que lo acompañara a la mesa de juego. Platicaron. Karlos se sinceró con ella: —No sé, es una vibra, pero creo que tu presencia en la mesa cambiará mi suerte.

—¿Yo cambiar tu suerte? Ajá.

—Casi lo puedo sentir, es un algo . . . como un presentimiento, llámalo así.

La joven mulata lo miró de arriba abajo, sonrió: —¿Y yo, qué gano?

Karlos también sonrió. La chica era directa, y eso le gustaba.

—Okay. La verdad es que me sobran ciento treinta dólares, justos. Te invito a una copa sin ningún compromiso. El resto lo jugamos. Si pierdo, adiós y como si nada. Pero si gano, te doy cien dólares, así nada más. ¿Qué tal eso?

Esta vez la chica lo miró intrigada y le brillaron los ojos.

—¿Qué tal si mejor me das un porcentaje?

—¿De mi ganancia?

—Claro —respondió ella casi al instante.

—¿Cuánto?

—Me das el cincuenta por ciento.

—Je. Imposible —retó Karlos con sonrisa pícara—. Te doy el quince.

La mujer pareció pensarlo. —Dame el treinta.

—Te doy veinticinco, eso o nada.

Ella soltó una risita pícara, extendió la mano y dijo: —Trato.

—Va, pero tú pagas la primera ronda de copas.

—¡No, pero cómo crees! —lanzó ella, siguiendo a Karlos que ya se encaminaba a la mesa de dados.

—¡Oye, para, para! —lanzó ella siguiéndole.

Karlos retrocedió unos pasos y la tomó del brazo. Confidente le dijo al oído: —Ahorita vamos a ganar, te lo aseguro.

Ella sonrió.

Juntos como una pareja de amigos de varios años, cruzaron la sección de las máquinas tragafichas, la de las ruletas, las cartas. Gente de un lado y otro, ruido en los oídos. El olor del triunfo.

Karlos lucía orgulloso. Podía sentir en aquella guapa mujer al talismán que le hacía falta para ganar en grande aquella noche. A eso había entrado a este lugar, a ganar, y no se iba a ir con las manos en el bolsillo. A eso iba a Los Ángeles de pronto, lo supo. ¿Cuántos días llevaba ahí metido?

—¿Por qué estás tan seguro de que vas a salir rico de aquí K? —cuestionó ella—. Al menos tu nombre es fácil.

—No sé si rico . . . pero con algo saldré.

—Y no te preocupes, yo pago los tragos, era sólo una broma —le dijo pícaro—. El día que ya no pueda pagar por el trago de una mujer, mejor me doy un tiro en la ruleta rusa.

Ella rio e hizo una expresión infantil. El tipo aquel le causaba una extraña confianza, como si efectivamente se conocieran de antes.

En la mesa K pidió dados. La chica de la que ni su nombre sabía, pero ya era su socia, se paró junto a él. El crupier le extendió los dados, estos dentro de un vaso de piel. K giró el vaso y puso los dados en la palma de su mano y los sintió en toda su dimensión cúbica, los acarició, los sopesó. La chica se apretó a él, levantó los hombros y dejó escapar una risilla. K le pidió soplar a los octágonos en su palma, para que atrajera la suerte. Ello lo hizo, coquetamente. K entonces sintió su sangre circular a mil por hora, se sintió poseído, arrojó los dados a la mesa, con un movimiento gracioso y con algo de fuerza. Se imaginó aquel mujerón en cama. Los dados salieron de su mano como dos balazos expulsados por el cilindro silenciador de una pistola y chocaron contra la pared de la mesa, se congelaron en el aire por un instante infinitesimal y rodaron en la mesa de juego. La chica brincó de felicidad al ver el resultado: cuatro a uno. K sonrió de mejilla a mejilla, dobló la apuesta. Aquélla era su noche. Pidió dos tragos. Estaba transformado, atrajo a la mujer hacia sí y la besó con pasión. Sintió un estremecimiento, y para su sorpresa, en lugar de sentir placer, sintió algo que no pudo describir. Olvidó una vez más que debía ir a Los Ángeles. Dobló la apuesta y levantó con rapidez los dados, los agitó dentro de la mano. *¿En qué momento había entrado en aquel casino de mala muerte?* se preguntó mientras los dados cruzaban el aire, cargados con hálito de mujer, como dos piedras mágicas.

# Detour

*a Jack Kerouac*

Frenó con hastío. Aprovechó para buscar algo en la radio. Un jazz bastante guapachoso ocupó el lugar de la cumbia en las bocinas. El vehículo adelante volvió a avanzar tan sólo un par de metros y se detuvo, detrás otro y otro más detrás, en una larga línea de vehículos multiplicados por cuatro carriles de ida y cuatro de vuelta. El jazzecito terminó y volvió a ejecutar la misma acción, buscó en la radio, odiaba tanto maldito comercial, *carajo*. Esta vez encontró una estación de *oldies* con Bob Dylan. Cada día era lo mismo, a la misma hora. Aceleró y volvió a frenar. Movió la palanca. Miró a los lados. Encontró a dos conductores como él, desesperados, que voltearon a verle a la defensiva como perros protegiendo su comida. Se meció los cabellos, llegaría tarde a cenar con Mariane. Se reprochó no haber salido un poco antes del *rush hour*. Bob Dylan le pareció demasiado ridículo en aquel momento con aquella cancioncita para universitarios en su último año y presionó el selector. Un tango ocupó el lugar de Dylan en las bocinas. *¿De dónde salían tantos cabrones autos? ¿Tanta gente?* Se sentía más desesperado que nunca. Tuvo ganas de fumar, aunque hacía sólo un par de meses que había dejado de hacerlo. Abrió la guantera con esperanza de encontrar una cajetilla de cigarrillos, pero nada. Azotó la puerta de la guantera con violencia. Volvió a frenar, los focos rojos del coche enfrente lo enceguecieron un momento. Regularmente no esperaba más allá de las cinco cuarenta y cinco de la tarde para salir corriendo de la oficina. Era increíble lo que hacían quince minutos de diferencia. Aquella maldita llamada, pero ¿qué hacer? Clientes eran, son y serán clientes. *Plata joder, la motivación del planeta* pensó Frank.

El auto avanzó unos metros. Un conductor imprudente se cruzó en su desesperación hacia el carril central y esto ocasionó un momento de caos, hasta que las filas volvieron a ajustarse.

Volvió a cambiar la radio. Volvió a mover la palanca y a pisar el freno, el clutch y nuevamente el acelerador en una acción bastante mecánica. Se tomó la cabeza con ambas manos, recargando los codos sobre el volante. Estaba tarde para la cena con Mariane. Debía llamarle, cancelar, aunque sabía lo que eso significaba. De por sí ya tenía un grandísimo problema. Las últimas dos ocasiones había llegado tarde a la cita y una tercera, la velada se había echado a perder por la llamada de un cliente. "Las mujeres necesitan atención, si no, se van con otro, así de simple hermano" —recordó la voz de John su compañero de trabajo y con quien practicaba español. El automóvil de atrás tocó la bocina apurándolo a avanzar. Miró por el retrovisor, un anciano sumido en su sillón como un condenado a muerte. Había sido un día difícil, lleno de estrés y decisiones apresuradas en el trabajo. Miró el reloj. La hora de la cita. Imaginó a Mariane sentada en el restaurante bebiendo café a su espera. Imposible llegar. La línea de vehículos parecía infinita. Ahora tenía problemas. En la radio encontró una canción de las Violent Femmes. Puso la palanca en neutral y sacó el clutch. Aquello era un maldito estacionamiento. En el cielo hizo su aparición un helicóptero de socorro y a lo lejos escuchó el sonido de las sirenas. *Lo que faltaba: un accidente.*

De pronto recordó un *short cut* que John le había enseñado la noche en que se les había ocurrido fumar la mariguana que alguien les había regalado en una manifestación a favor de la legalización. La verdad es que no estaban en la marcha, sino que él y John sólo iban pasando cuando aquella bellísima chica negra les ofreció el cigarrillo como un dulce a dos chiquillos. Miró un letrero adelante. Quizá si saliera hacia un camino alterno podría evitar aquel nudo vehicular. Estaba seguro que existía aquella carretera secundaria no muy lejos de ahí. Avanzó unos metros, divisó un letrero que informaba de la salida número veinticuatro en dos millas. Le pareció un buen número. Casi estaba seguro de que aquélla había sido la salida que había tomado su amigo aquella noche, una noche muy divertida por cierto, la misma en que había conocido a Mariane. Puso la direccional y cruzó hasta el carril extremo en un acto bastante inusual al que los otros reaccionaron con claxonazos. Salió de la Interestatal hacia un camino de dos vías, e inmediatamente se sintió aliviado. Un nuevo jazz se escuchó ahora. Tuvo a bien aflojar el cuerpo. Llamaría a Mariane para disculparse, ella debería entender . . . al menos eso esperaba. Buscó por uno de sus dos teléfonos, pero no encontró ninguno. *¡Los dejé dentro del saco en el maldito perchero de la puerta en la oficina!* Se golpeó la frente con las manos abiertas. *"Qué animal".*

Frank dio una vuelta por el poblado en busca de un teléfono público, pero al igual que en muchas partes, estos habían desaparecido. *¿Qué hacer?* Era mejor darse prisa en lugar de estar perdiendo el tiempo. Dejó atrás el poblado, cruzó un puente y entró a un camino más bien estrecho que parecía cruzar en medio de una refinería. Pocos autos, la noche en plenitud. Entró a una zona de curvas. Se percató de que la luna bañaba de azul las siluetas de los árboles. Detuvo el auto en un crucero. A un costado del acotamiento, una pequeña estación de tren y una gasolinera que parecía cerrada. Descendió del vehículo. Se asomó por una de las ventanas de la edificación. Golpeó a la puerta, el lugar parecía abandonado. Trató de encontrar alguna señal que le indicara en dónde se encontraba. Nadie tampoco en la gasolinera. Recordaba, aunque lejanamente, cruzar con su amigo un bosque, aunque no recordaba aquella bifurcación, ni aquella estación de trenes. Se hallaba completamente desorientado. Olvidar el maldito teléfono había sido su máximo error. Volvió a subir al vehículo, trató de buscar alguna estación en la radio, aunque sólo interferencia. Extraño, pensó. *¿Qué tan lejos podía encontrarse de la ciudad? ¿Es que acaso se había alejado tanto?* Estas y otras preguntas lo asaltaron.

Encontró una estación de radio en español, aunque no entendió nada. En una intersección se detuvo. Tomó el camino derecho, una carretera en mal estado con hierbajos creciendo a los lados y hollacos cubiertos de agua. Movió nuevamente la perilla de la radio de un lado a otro de la banda de FM; la de AM estaba muerta también. Pensó en Mariane: la vio pagar en la caja, se veía enfurecida. Puso las luces altas. Frenó bruscamente al notar que la línea de la carretera había desaparecido, tan de pronto como en un abrir y cerrar de ojos. *"¡Mierda!" ¿Qué carajos estaba sucediendo?* Aminoró la velocidad ¿Qué carretera era aquella? Se arrepintió de haberse salido del *highway*. En tercera siguió avanzando con las luces altas. Ahora los árboles eran todo sombra; estaba tan oscuro que parecía que el paisaje estuviera pintado de negro. *¿Por qué no pasaban coches? ¿Es que acaso se había metido en una propiedad privada? ¿A un camino en construcción? ¿A la refinería?* Pensó en regresar, pero recapacitó un momento. De la última desviación ahí, habían transcurrido ya más de cuarenta minutos, lo cual en términos de gasolina significaba más de medio tanque y eso era riesgoso.

De pronto Frank se hizo una pregunta que le hizo estremecer: *¿Cómo era que el desierto de Tejas se había convertido en un bosque de árboles gigantescos?*

# Flotando en una superficie inmóvil

*a Toño Alpízar*

*He estado flotando más de la mitad de mi vida en una mal-dita alberca. Manteniéndome a flote apenas. Rogando al su-premo no hacer olas o ruido que pudiera despertar al Poseidón enano que habita en estas aguas mansas, de esta alberca no muy grande, si se quiere, pero suficientemente profunda para ahogarme.*
La imagen se formó mientras dormitaba en uno de los si-llones del *subway* de Nueva York, rumbo a Brooklyn. Había sido un día agotador. Me sentía realmente molido. Tres tur-nos, no se los recomiendo a nadie. ¿Pero qué se hace? Todo es caro por acá.
Inmediatamente tomé asiento, los ojos se me cerraron, fue inmediato, como dos cortinas. Así como les digo, con esa ra-pidez. Regularmente no duermo en el metro por razones de seguridad, ¿me entienden? Estamos hablando de un metro peligroso como a las dos de la mañana, relativamente vacío, aunque siempre con personajes extraños o curiosos de los que hay que tener cuidado. Ebrios, drogados, desesperados, locos, unos más que otros, tras un billete fácil, un incauto, un pue-blerino, lo que sea.

Tomé asiento y, siguiendo la ruta del rinoceronte hacia la trampa, caí hasta el fondo más profundo del sueño. Ayudó que la noche anterior me había desvelado viendo una película de acción de la que no recordaba nada. Me encontré flotando perplejo, en el cuerpo de un extraño, aunque era yo. ¿No sé si les ha pasado? Eso de que uno se pregunta: ¿Quién es ése que en el reflejo del vidrio me está mirando?

*Zambullido en el sueño, estoy en una alberca grande, cubierta por un viejo techo de lámina plástica sobre una estructura de metal un tanto corroída. Cuatro paredes se levantan hasta lo alto por unos doce metros. Un sitio de otro tiempo iluminado con luz neón. Sólo hay una pequeña puerta al extremo opuesto de donde me hallo, y parece muy lejos. No escucho nada, excepto mis chapaleos sobre el agua, mi respiración. El agua es negra, brilla, es un agua espesa, pesada.*

Soy una nulidad para interpretar mis sueños; nunca entiendo sus significados. Y lo peor es que jamás aprendí a descifrar las imágenes oníricas. Recuerdo que cuando estoy a punto de sucumbir y mis músculos ya no pueden más —tratando de llegar a la orilla, que cada vez se aleja más, como si al avanzar enfrente fuera para atrás—, comienzan a emerger del fondo del agua, sillas, maletas, fotos, una televisión encendida con una película de guerra, una mesa de cabeza, utensilios de cocina, una cama, aparatos electrodomésticos . . . entre otras cosas que flotan como después de un naufragio. Vasos, cucharas, lámparas. Si antes tuve cierto temor, comienzo a sentir terror; las cosas flotando junto a mí me ponen más nervioso. Presiento a la muerte nadando hacia mí, en esa superficie inmóvil.

Un guardia me sacudió de un lado a otro. Me desperté aterrorizado. Estaba yo al final del recorrido y me conminaba a salir del tren. Habíamos llegado, dijo.

Me acomodé en el asiento primero y después me puse de pie, tallándome los ojos. Me disculpé. Caminé por el pasillo lentamente. No había sido un sueño agradable, básicamente por el sonido, o mejor dicho, por la falta de él, en aquella superficie inmóvil, convertida en última instancia en un espejo en el que me ahogaba, un espejo negro, en el que floto . . . Me dio escalofrío sólo de recordar el sueño en aquel viaje. Asumí dos cosas: era un sueño perturbador y me había dejado muy inquieto . . . y además, molesto por no entender. *¿Qué significaba aquella maldita alberca? ¿Los objetos inertes que junto a mi flotaban?* Miré el reloj, iban a dar las tres de la mañana. *"Vaya nochecita"* me dije. Subí el cuello de la chaqueta, la abotoné hasta arriba y me apresté a salir a la superficie. Afortunadamente vivía yo a menos de veinte cuadras. Eché a andar.

Aquella noche pasó otra cosa extraña: comenzó a nevar. Era la primera vez que vivía el fenómeno. Lo había visto en películas, tenía una vaga idea. Sentí la nieve sobre mi rostro, mi cabeza. El paisaje cambió rápidamente. Me sentí transportado por aquella pelusilla que caía del cielo en forma de pequeñísimos grumos que danzaban en el aire y que empezaron a cubrirlo todo y a formar montones. Levanté un poco del piso y la moldeé con las manos. Sentí el rostro húmedo, mi nariz fría. Abrí la boca y con la lengua rescaté un poco de aquellas hojuelas que caían del cielo. Se hicieron agua. Estoy seguro que sonreí.

Para mí que nací en el desierto, experimentar la nieve fue una de las cosas que no olvidaré jamás. La nieve cubrió los autos, las calles, y montañas se acumularon en las aceras.

En cuanto al sueño de la alberca, volvió a regresar, otra vez en el tren durante varios meses, por todo lo que duró el invierno en mi estancia en la urbe de hierro.

# La isla de la isla

*a Sofía, mi hermana*

—El mar es impresionante, jamás es el mismo, ni siquiera de color. Llevamos tres días arrastrados por el viento, un viento constante que infla las velas y hace crujir los palos y nuestros huesos. Las hincha de tal grado que en ocasiones, por ejemplo con los vientos del norte, nos despegamos del mar y avanzamos sin rosarlo. Anoche casi estoy seguro de que volábamos, era tal la velocidad que tuvimos que aferrarnos al casco del barco para no caer o salir despedidos por la borda. Finalmente, el viento nos arrastró hasta una isla y precisamente ahí, cesó. Como lo oyen. De pronto cesó y ya . . . se detuvo, todo se detuvo . . . y así es cada noche.

La joven pareja de enamorados intercambiaron miradas al escuchar al tipo.

—La isla tiene agua y estamos rodeados por bancos de peces de muchísimos colores. Desde entonces este es mi hogar. He visto los más hermosos atardeceres, las noches más estrelladas, así como todos los colores del cielo . . . Es increíble. En ocasiones, incluso cuando el viento regresa con todo su esplendor, puedo ver desde aquí un punto en el horizonte muy lejano, muy lejano que me mira serenamente, tal si aquello fuera un par de ojos azules muy grandes y muy tristes, cómo de mujer. . . . ¿Me entienden? —dijo el viejo como en una letanía a los dos jóvenes que se habían detenido a verle.

—Aunque a lo mejor es solamente la esperanza del día que se larga a descansar. —El viejo guardó silencio, los miró con interés desde sus ojos vidriosos y les puso una gorra enfrente buscando dinero.

La joven pareja de enamorados intercambiaron miradas. El joven buscó algunas monedas en el bolsillo y se las extendió al hombre con aspecto de viejo hippie. La chica sonrió, poco acostumbrada a personajes como aquél. De hecho Nueva York la tenía maravillada.

El hombre volvió a ponerse en la cabeza su vieja gorra de marinero, besó su símbolo de amor y paz en el pecho y se alejó rengueando entre los árboles tarareando una canción de más de cien años atrás, todo ante la mirada absorta de la pareja que reinició su camino, ahora tomados de la mano.

—¿Quién será? —preguntó la joven intrigada.

—Mmm . . . No sé, parece uno de los muchos locos que deambulan por los caminos de Central Park . . . El tipo cree que fuera de aquí todo está rodeado de agua, según dice. Que esto es una isla dentro de otra isla.

La chica abrió los ojos asombrada. —Si verdad, si bien entendí, habló de un recuerdo, o de un barco que lo abandonó.

—Dijo también que aquí termina y comienza el fin del mundo.

—Pobre hombre . . . aunque no actúa como un loco.

—Un amigo afirma que lleva sin salir del parque algo como diez años.

Se aprestaron a cruzar 5th Avenue.

—Qué extraño . . . aunque sabía narrar muy bien —manifestó la novia con admiración.

El novio la miró y recordó por qué la amaba a pesar de que vivían a kilómetros de distancia: —Bah . . . es sólo un octogenario senil, no tiene importancia.

Se besaron y siguieron caminando rumbo al museo. Esto sin ver siquiera los peces brincando a orillas de las banquetas, las conchas de coral arrastradas por las olas, la arena en Park Avenue, los yacimientos de coral irguiéndose hasta el cielo, las columnas de basalto, la isla en medio de la inmensidad, la isla suspendida entre dos océanos.

# Lost & Found

*a mi madre*

## 1

Ramírez se despertó al momento en que el chofer del autobús lo tocó el hombro y lo movió. Abrió los ojos azorado.

—¡Llegamos, hora de bajarse!

—Mm . . . ¿Cómo?

—¡Hora de bajarse, llegamos!

—¿En serio? ¡Guau!, lo siento mucho, creo que estaba muy cansado. —Se restregó los ojos, miró al operador del vehículo, parecía molesto.

—Le creo, estuvo ahí durmiendo más de tres horas, desde que llegamos.

—¿De verdad?

—Claro, ya voy de regreso.

—Lo siento mucho —dijo mientras se mecía el cabello, aún con rastros de sueño. Se puso de pie y siguió al chofer por el pasillo del vehículo. En efecto no había nadie.

El chofer tomó asiento en su lugar y dio un pisotón al acelerador.

—Perdone —dijo despistado—. ¿No sabrá usted si mi equipaje permanece abajo en el maletero?

—No, todo el equipaje se bajó. Pregunte usted adentro.

—Pero dónde . . .

—No sé . . . estoy tarde —agregó el chofer cortante, mientras ajustaba su espejo retrovisor. Dio otro pisotón al acelerador.

—Muy bien —dijo Ramírez resignado y descendió las escalerillas del camión y pisó tierra.

La puerta del vehículo sé cerró a sus espaldas y el camión desapareció arrojando humo por el escape. Se encontró de pronto en medio de un gran estacionamiento. *¿Dónde estaba?* *¿Qué ciudad era aquélla?* Miró en redondo. Cuatro edificios con las letras A, B, C y D. Se quedó pensativo un momento. Se encaminó al edificio de cristales marcado con la letra A. Ahí debía encontrarse el departamento de equipaje, dedujo, eso sin duda. Se detuvo en la entrada, gente de un lado y de otro, la garita le pareció gigantesca. En la pared observó un gran reloj, aunque no miró la hora. Dio unos pasos enfrente, entreteniéndose en mirar como unos chicos jugaban con sus avioncitos de papel. Se abrió paso entre la gente y se detuvo frente a la ventanilla de los autobuses Peter Pan, aunque no recordaba la maldita línea en la que había viajado. Greyhound, Wolf, Southwest Lines, Express Services, leyó. La verdad es que no podía recordarlo. Quizá lo más adecuado y lógico era dirigirse al departamento de objetos perdidos. Buscó con la mirada. A lo lejos pudo observar una ventanilla con las palabras *Lost and Found* escritas en verde. Se dirigió hacia allá. Por los altavoces se dejaban escuchar un tropel de incesantes voces femeninas anunciando las llegadas y las salidas de los diferentes autobuses. "La señorita Liby Arnauld favor de presentarse en la ventanilla 22". Pasó junto a un grupo de mujeres y hombres que esperaban sus respetivos autobuses sentados en las butacas. Más de uno dormitaba, otros miraban embobados la gran pantalla de televisión en la pared y otros más fingían leer el periódico. De pronto sintió sed y fue hasta la máquina de gaseosas. Por un momento se vio reflejado en el cristal de las fotografías instantáneas, que emitió un parpadeó luminoso. La cortina se corrió y salieron dos jóvenes abrazados muy felices. El chico tomó su tira de fotografías y ambos sonrieron al verlas. Se detuvo frente a la máquina de refrescos, depositó cinco monedas de veinticinco centavos en la ranura, se decidió por una soda de cola y golpeó un botón. Al instante se escuchó un sonido, abrió la puertita plástica abajo y tomó su lata. La destapó y bebió con avidez dejando que el líquido burbujeara en su boca. Dio un segundo sorbo, un tercero y cuando estuvo vacía, depositó la lata en un bote de basura. Echó a andar. Se detuvo en la ventanilla de objetos perdidos, pulsó un pequeño interruptor y observó que un hombre al fondo lo miraba. El lugar estaba atestado de cajas, maletas, mochilas, bultos con etiquetas, entre otros objetos.

El hombre se levantó de mala gana, vino a su encuentro y dijo desganado: —¿En qué puedo ayudarle?

—Buenas tardes . . .

—¿Sí?

—Perdí mi maleta . . . más bien no la perdí, alguien la bajó del autobús . . . me descuidé.

El hombrecillo le miró como si lo que escuchara no tuviera sentido. —Si no está perdida ¿por qué viene aquí?

—Bueno pues . . . porque no la encuentro y supongo se extravió.

—Mmm, ya veo . . . ¿Cómo era?

—Nada muy especial, usted sabe, una maleta negra con cuadros azules enfrente.

El hombre lo miró directamente a los ojos, meneó la cabeza. —¿Sabe usted cuantas maletas hay con esas características?

Ramírez hizo una mueca y movió la cabeza.

—¿De piel o de tela? —El hombrecillo comenzó a escribir algo en un cuaderno.

—De piel . . . más o menos de este tamaño. —Ramírez trazó un objeto con las manos en el aire.

—¿En qué línea viajaba usted? —preguntó el otro con un dejo de fastidio.

Se tomó la cabeza. No lo recordaba . . . *¿Por qué no podía acordarse?* Aquel pensaría que estaba loco, que quería hacerle perder el tiempo. Dijo el primer nombre que le vino a la mente: —Greyhound.

—Okay —respondió el otro un tanto malhumorado—. Eso ya es algo. —Abrió un libro, fue hasta una página ubicada casi a la mitad y comenzó a recorrer con su dedo índice listas de números que parecía conocer muy bien.

—Dice que de piel, ¿verdad?

—Sí —respondió Ramírez mientras miraba adentro, con esperanza de verla.

El hombrecillo continuó con su búsqueda por más de cuatro páginas sin resultado. —¿Bajo qué nombre dice qué venía registrada?

—No dije . . .

El hombrecillo le lanzó una mirada asesina.

—No dije —repitió—, pero mi apellido es Ramírez.

El hombrecillo volvió a su cuaderno, ahora fue para atrás.

—¿Cuándo dice que la extravió?

—Esta mañana . . .

—No aparece.

—Me dijo el chofer que la habían bajado.

El hombrecillo cerró el cuaderno de golpe y dijo: —Mmm, lo siento, es muy temprano . . . quizás debamos esperar un poco, antes de tener noticias.

Ramírez lo miró desconfiado. Seguramente era algo que decía a todos los que venían a molestarle, una frase hecha para quitarse a la gente de encima.

—¿De verdad? Quizá falta un detalle que no mencioné. Los cuadros azules tienen vivos rojos y la maleta tiene un pequeño candado amarillo en el cierre. Me preocupa, es una maleta de marca —dijo confidencial y le extendió un billete de diez dólares con esperanza de suavizarlo.

El hombrecillo tomó el billete y volvió a abrir el libro.

—Muy bien *Mister* Ramírez, vamos a ver . . . —El hombrecillo volvió a buscar en aquel cuaderno de lomos gastados, pero esta vez se tomó diez minutos—. Le juro, *Mister* Ramírez que no está.

Ramírez lo miró desolado.

—Quizá para mañana ya esté aquí.

—Pero como hasta mañana . . . debo irme, continuar mi viaje —argumentó Ramírez.

—Ah . . . —dijo el hombrecillo y volvió a clavar la mirada en el cuaderno una vez más.

Ramírez miró en redondo: —Quizá podría estar detrás de aquellas cajas.

—Pues no, no aparece, de ninguna forma. Las maletas tardan en llegar aquí.

—¿Pero cómo?

—Eso me pregunto yo mismo ¿Está usted seguro qué fue en Greyhound?

—Este . . . sí —titubeó un poco.

—¿Qué puedo hacer yo? Su maleta no está. Compruebe usted mismo. —El hombrecillo le mostró el cuaderno.

Ramírez acercó el rostro a la ventanilla, todo aquel sin número de cifras y ceros no le decían nada. Lo dijo. —No entiendo.

—Yo tampoco.

—Me refiero a los números y a todas esas listas y sellos. . . .

—Pues, cómo va a entender, si están en clave . . . si no, cómo cree que podemos encontrar las cosas. Por ejemplo aquí: los dos dígitos al final significan él numero del conductor; el dos y el ocho son la línea en la que viajaba el equipaje y las terceras tres cifras se refieren a la hora y el día en que el objeto fue reportado. Como ve usted, todo está muy claro. Cuando viene bajo el apellido de una persona, el nombre se escribe enfrente, como en este caso acá.

—Sí ya veo —dijo Ramírez resignado.

—A ver, présteme su boleto —dijo el hombre.

Ramírez se buscó en los bolsillos del pantalón, la chaqueta y la camisa. Nada, ni dinero, a no ser por aquellas monedas de veinticinco centavos que le sobraban, tampoco las tarjetas de crédito, ni la licencia de conducir. Se sintió estúpido. A lo mejor el maldito chofer lo había esculcado antes de despertarlo. Contuvo una maldición para no molestar más al hombrecillo que lo miraba como a un loco.

—Creo que lo dejé en el asiento, dentro del camión —se disculpó.

El hombrecillo lo miró con desprecio: —¡Pero esto es inconcebible! ¡Cómo se atreve usted a venir a quitarme el tiempo! ¡No trae usted nada que compruebe su identidad! ¿Qué tal si solo quiere llevarse la maleta? ¿Qué se cree? ¿Piensa que por mugrosos diez dólares yo le voy a dar algo que no le pertenece? ¿Por su linda cara? ¿Cómo viene usted aquí a reclamar?

—Lo siento . . . lo siento mucho. ¿Sabe usted? Me dormí y creo que alguno de los pasajeros —se cuidó de decir que el chofer— tomó mi cartera y mi dinero, bueno . . . el resto de mi dinero —agregó en voz baja.

—¿Y usted pretende que le crea? Qué tal si nuevamente está mintiendo.

—No estoy mintiendo, se lo juro.

En ese momento el teléfono sonó y el hombrecillo fue hasta su escritorio y levantó la bocina.

Ramírez volvió a recorrer con la mirada las maletas apiladas de un lado y de otro, buscó con los ojos en las gavetas empotradas en la pared. Ahora más que nunca necesitaba encontrar aquella maleta. Recordó de pronto haber guardado dentro del equipaje tres mil dólares en billetes de cien, exactamente en el interior de unos calcetines hechos bola entre las camisas. *¿Cómo había podido dormirse? ¡Carajo!¿Cómo no se había fijado en la línea del maldito autobús o en él número que el chofer llevaba inscrito en la placa? ¿¡Qué bestia!?* Dio un golpe a los barrotes. Le vino a la mente la discusión con su mujer, aunque no recordaba en torno a qué. La veía gesticular, mover las manos, coger un cuchillo. De pronto su presencia tuvo sentido, entendía por qué estaba ahí. Porque deseaba pasar de incógnito.

El hombrecillo puso el teléfono en su lugar y regresó a su puesto detrás del cristal.

—¿Entonces amigo? ¿Cómo hacemos?

Ramírez puso cara de preocupación. —¿Me haría usted un gran favor? Déjeme entrar, la busco rapidísimo y me largo, esté o no . . . Se lo juro, así de rápido.

—¡Qué descaro! ¿Cómo se atreve siquiera a pensar que voy a hacer eso? ¿Cree que soy tonto? ¿Quién me garantiza que usted no es un criminal o un ladrón? Aquí detrás del cristal estoy seguro, y por eso usted es amable, pero que tal si trae un cuchillo guardado en su chamarra, que tal si me lo entierra . . .

—Señor, un momento, pago impuestos, tengo un trabajo y dos hijas que me muero por ver. Me dormí en el autobús, perdí mi contraparte del boleto y quizás lo estoy molestando a usted . . . Pero todo eso no alcanza a ser criminal. Necesito ese favor . . . de persona a persona. Esa maleta contiene todas mis pertenencias, incluidas . . .

—No señor —interrumpió—. ¿Acaso tengo cara de ingenuo o qué?

—Por favor, hombre, si quiere, me quito la chaqueta . . . Mire, puede usted mismo ver, nada. ¿Okay? Soy una persona decente, soy médico. Hágame ese favor, ¿Sí? La busco, me largo.

El hombre lo miró de arriba abajo, —¿De verdad es doctor?

—Sí, lo juro.

Por un momento el hombrecillo pareció convencido. Por lo menos se tranquilizó: —Okay, déjeme comentárselo a mi supervisor.

Ramírez esbozó una sonrisa, parecía haberlo convencido.

—¿Entonces? ¿Me va a dejar pasar?

—Mañana.

—¿Mañana? ¡¿Cómo?!

—El supervisor ya se fue. Ya casi todos se han ido. ¿Sabe usted qué hora es?

Miró su muñeca, también le habían dado baje con el reloj.

—Casi son las seis —se adelantó el otro—. Tendrá que esperar.

Ramírez giró la cabeza y miró el gigantesco reloj en la pared. En efecto, casi las seis. El hombrecillo miró su propio reloj y agregó: —Ya casi es hora de irme.

—¿Y a qué hora regresan sus jefes mañana? ¿No hay un segundo turno?

—Hasta mañana, ya se lo dije tres veces, como a las 9:30 de la mañana.

—¿Entonces qué? ¿Sí? Quizá la encuentro detrás de aquellas pilas. —Señaló dentro.

—No, esa pila y la de atrás son maletas de anteayer, aquellas junto, de hace tres días.

—Hombre, rapidísimo —Ramírez lucía desesperado. No sabía porque, pero se sentía nervioso, como si algo hubiera dejado pendiente y sentía un cosquilleo en el estómago.

—¿Qué se cree usted? Puede costarme el trabajo. Yo también tengo hijos y una mujer a quien dar de comer.

—Póngase en mi lugar.

—Póngase en el mío.

Ramírez lo miró con desprecio. Aquello era absurdo, absurdo, absurdo. El rostro de una mujer vino a su mente, aunque no alcanzó a formarse del todo. Una chica joven, sonriente, bonita, que le abría los brazos.

—Mañana.

Ramírez meneó la cabeza por más respuesta: —¿Qué otro remedio?

El teléfono volvió a sonar.

—Muy bien, hasta la vista. Yo debo terminar algunas cosas antes de irme. —Cerró la ventanilla.

Ramírez caminó hasta uno de los pilares donde se recargó, miró en redondo. Era una estación como cualquier otra: ventanillas de boletos, conjuntos de butacas y un gran kiosco donde se encontraba el área de comida rápida, tiendas y locales de revistas. Gente de un lado y de otro, gente formada en líneas frente a las puertas de abordaje, gente a la espera mirando el televisor, otros dormitando. Un lugar de paso. Echó a andar hasta una de las butacas desocupadas. Detestaba el fútbol, prefería ver las noticias, una película o cualquier otro deporte. Tomó asiento en una butaca con televisor integrado. Introdujo dos de las tres monedas restantes en su bolsillo en la ranura del monitor. Seleccionó una vieja película de Judy Garland que no alcanzó a terminar. Bostezó, estuvo a punto de introducir su última moneda en la ranura aquella, pero esta vez fue más cauto. La guardaría, quizá con ella podría hacer una llamada. Cerró los ojos, se moría de aburrimiento, aunque en el fondo se sentía ansioso, a pesar del sonido constante de los altavoces, el frío que se colaba por las puertas, la rigidez de la silla. Nunca la vela se le había hecho tan larga. No pasó nada fuera de lo común, hasta eso de las cinco de la mañana, cuando se le acercó una jovencita que había estado dando vueltas dentro de un *sleeping bag* en el piso intentando dormir. Vino y se sentó junto a él. Ramírez abrió los ojos al notar su presencia.

—Hola —dijo ella mientras bebía de una gran botella de agua.

Ramírez se recompuso.

—Hola —finalmente respondió.

—¿Alcanzó usted a dormir un poco? —preguntó ella y volvió a empinarse la botella de agua.

—La verdad es que no. —Ramírez se sinceró—. Estos sillones son terribles. —Se llevó la mano a la espalda.

—*I agree with that.* Creo incluso que para eso están hechos, digo, para que la gente no se duerma mientras espera su autobús.

—Se me hace injusto. ¿Y usted, durmió?

—Háblame de tú.

—Je, je, okay. ¿Y tú, dormiste un poco?

—No, pero es mejor el piso que la silla. Pude dormir un poquito, a medias . . . ¿*You know*?

—¿Por qué?

—Ah, ya sabes, soy mujer . . . es más peligroso si te descuidas.

—Entiendo.

—Además, estoy acostumbrada, ¿sabes?

—Mmm, ya veo.

—Madelyn —dijo la chica extendiendo la mano.

—Ramírez.

—¿Adónde vas? —preguntó mientras subía el cierre de su chamarra. Afuera parecía nublado.

—Voy a Washington State ¿y tú?

—Yo vivo en Orlando . . . mejor dicho, voy a Orlando —corrigió. Cierto . . . recuerda entonces que viene de incógnito, que algo grave ha pasado.

—Que bien . . . ¿es muy bonito, no?

—Eh, más o menos, el clima es agradable.

—Tengo un amigo que fue a Orlando. Sus padres lo llevaron a un parque de diversiones.

—Sí, hay uno muy grande, pero es aburrido, no sé . . . ¿Y qué hay en Washington State?

—Voy a visitar a mis padres —respondió dando un segundo gran sorbo a la botella que parecía no vaciarse.

—¿De dónde vienes?

—Vengo de Montgomery.

—¿Qué hay en Montgomery?

—Ah, nada en especial, pobres, ricos, policías rabiosos, el río Alabama, un exnovio.

—Interesante . . .

—Si tú lo dices.

—Digo, espero que podamos llegar a nuestros respectivos lugares a tiempo.

—¿A qué hora se abre la ventanilla? —interrumpió la chica como si quisiera cortar la conversación personal que comenzaba a desarrollarse.

Ramírez entendió y dijo: —Ni idea, espero que sea pronto . . . según entiendo a las nueve y algo.

—Perdí mi maleta —dijo entonces ella con un dejo de tristeza—. Creí verla en la banda, pero después, pum, se esfumó.

Ramírez la miró con asombro: —Yo también.

—Terrible, estoy muy molesta . . . Grrrr, me dan ganas de golpearme.

—Yo me siento igual. No sé cómo pudo pasar, caray —agregó Ramírez visiblemente preocupado y se tomó la cabeza.

—No lo entiendo, ahora estoy aquí esperando a que abran esa maldita ventanilla, cuando ya debería estar yo en casa preparándome para la boda.

—¿Quién se casa? —preguntó Ramírez curioso.

—Mi hermana mayor, mañana . . . será una gran fiesta . . . ¡y yo aquí maldita sea! —la chica se puso de pie y golpeó el suelo.

—Lo siento.

—No lo sientas, tengo otros defectos.

Ramírez guardó silencio.

—Siempre estoy tarde y después estoy corriendo.

—Yo también . . . —dijo Ramírez en solidaridad, tratando de entender cuáles serían los otros defectos de aquella jovencita pelirroja de mirada lánguida que podría ser su hija.

La chica se acercó confidencial y le dijo al oído: —También aquel hombre —señaló a un hombre en sus cuarentas que intentaba dormir metros adelante recargado en la pared.

—¿Qué?

—Perdió su maleta.

Ramírez la observó: —¿Cómo sabes?

—Él me dijo . . . estuvimos platicando al principio de la noche durante la cena.

—Caray . . . qué mala suerte —respondió Ramírez desconcertado—. Eso me hace sentir un poquito mejor, no soy el único .·. . quiero decir, por lo menos somos tres.

—¿Tres? ¿Y qué me dice del resto? Habremos más.

—No es nada más que incompetencia de las líneas de camiones.

Ahora fue ella quien lo observó curiosa: —Pues sí, bueno, me voy, debo levantar mi sleeping, me muero por un café. Ramírez asintió con la cabeza y se quedó pensativo un momento. El rostro de aquella chica le recordaba a alguien. ¿Acaso todas aquellas personas estaban esperando maletas perdidas? ¡No! Sintió escalofrió ante aquella idea. Miró a su alrededor, volteó a sus espaldas, el lugar estaba lleno. Era quizá el doble de número de gente que cuando había llegado, aunque juraba haber visto a personas con maletas, personas subir a autobuses, descender de ellos, irse. Trató de quitarse aquella idea de la cabeza. *¿Habremos tantos despistados juntos?* En última instancia: ¿qué carajos hacia él en aquella maldita estación de autobuses cuando él acostumbraba a viajar en avión? Cruzó los brazos sobre el pecho. El maldito reloj parecía moverse cada vez más lento. Debía relajarse. Cerró los ojos. Recordó que había olvidado preguntarle a la chica por el nombre de aquella ciudad. *No importa.* Levantó los hombros y volvió a bostezar. Dormitó un poco; a su mente vino la imagen de unos faros viniendo de frente, un golpe seco en la puerta, gritos, sus manos manchadas de sangre . . . Se levantó como un resorte, miró instintivamente el reloj, las siete y media. *Unas horas, unas horas más y me largo.* Volvió a tomar asiento en aquella dura silla de plástico tratando de calmarse. Como nunca, desde sus días escolares, deseó que fueran las ocho y media de la mañana. Se levantó nuevamente . . . *Estaba bien de mal dormir.* Fue a pararse a uno de los pilares donde recargó su adolorida humanidad. Se sentía cansado. Miró como algunas personas ya llevaban café en las manos, donas. El personal de limpieza comenzó con sus labores, y los que dormían en el piso debieron levantarse. Un café no era

mala idea para empezar un nuevo día. Le gustaba descafei-
nado, aunque recordó que sólo le quedaba una moneda en el
bolsillo. Podía comerse quizá una barra de chocolate, una
bolsa con frituras. Fue a una de las máquinas e introdujo su
última moneda y ésta le devolvió un grueso chocolate de ca-
cahuate con leche. Hacía más de veinte años que no comía
una cosa así. Se vio a sí mismo trabajando en el hospital, el
rostro de aquella mujer que no alcanzaba a formarse del todo.
Desenvolvió la golosina y fue a sentarse a una silla donde alguien había puesto unas monedas en el televisor. Se entretuvo
mirando una vieja película de guerra, mientras disfrutaba de
su chocolate que le supo a gloria. No alcanzó a ver el final de
esta otra película cuando en pantalla apareció un aviso exi-
giéndole otra moneda para continuar. Dio la última mordida
a su chocolate y se puso de pie. Tiró el envoltorio en un bote
de basura. Se entretuvo mirando la pantalla de las *Departures*:
Cleveland, Denver, Ohio, Minnesota, Salt Lake City, Detroit,
Atlanta, Houston, Dallas. La manecilla llegó al número ocho
como un anuncio de campanas. Respiró hondo. Fue al baño.
Necesitaba hablar con aquel hombre, convencerlo de buscar
su equipaje. Tenía que irse, no en balde le había dado dinero.
Si era necesario hablaría con sus superiores, con quien fuera
con tal de encontrar aquella maleta que guardaba todas sus
pertenencias. Lo que más le preocupaba eran los tres mil dólares y las tarjetas de crédito escondidos en su interior. Sin
ellas no podría ir a ningún sitio. Confiaba en que aquel asunto
se resolviera lo más pronto posible. Le urgía largarse. Se lavó
la cara, se ajustó la camisa, también se enjuagó la boca, aunque lamentó no tener su cepillo de dientes, su rasuradora. Al
salir del baño le sorprendió encontrar una larga línea de personas formadas frente a la ventanilla de *Lost and Found*, entre
ellas la chica que ahora platicaba con una mujer muy vieja.
Aquello le puso molesto. No había esperado toda la noche

para ahora formarse nuevamente en una larga línea que parecía crecer a cada paso. Iría a hablar con el hombre, lo reconocería. Cautelosamente se acercó a la ventanilla, cuidándose de que la chica o el hombre detrás de ella no lo mirasen. En la ventanilla el hombrecillo discutía acaloradamente con otro hombre que parecía no tener recibo o recordar el camión en el que había viajado. El hombrecillo movía la cabeza, se veía furioso. Decidió esperar. En definitiva no era el mejor momento para hablar con aquel pusilánime que se había convertido en un energúmeno. Ramírez se sumó al corillo de mirones. El hombrecillo empezó a manotear, cerró su cuaderno y finalmente despachó al inconforme con desprecio y corrió su ventanilla. Parecía que a todos hacia lo mismo. Fue a su escritorio, removió papeles, levantó la bocina y marcó un número. Los mirones intercambiaron miradas unos a otros sin saber qué hacer. Un chico no mayor de veinte años comenzó a gritar que había visto su maleta adentro; se encontraba con las puntas levantadas y señalaba con el dedo índice hacia el interior. Se notaba feliz, realmente realizado. Hizo venir al hombrecillo que lo miró con desprecio antes de dignarse a abrir la ventanilla.

—¿Sí? ¿En qué puedo ayudarle?

Ramírez pensó en lo mucho que le gustaba a aquel infeliz aquella frase. Sintió un profundo desprecio por aquel ratoncillo detrás de aquella jaula.

—¡Allá, en aquella pila de maletas! —gritó el joven que no cabía en sí de felicidad—. ¡Mi equipaje!

El hombrecillo abrió su cuaderno con parsimonia como si no le importara en lo más mínimo la emoción del joven que ahora de plano sonreía.

Ramírez miraba al ratoncito con lástima. Eso era más bien lo que sentía por aquel hombre encorvado, enclenque, que fuera de su pequeña cárcel blindada debía ser un don nadie, una sombra encorvada entre masas de personas a las que despreciaba. Ramírez dio dos pasos atrás, no quería que aquél lo viera.

—¡Mi maleta! ¡Aquélla, ahí, debajo, entre la roja y la café, en la segunda pila! —gritó el chico trémulo, agarrándose de los barrotes.

El hombrecillo fue a su cuaderno, buscó en tres páginas por lo menos y finalmente abrió la boca.

—¿Tiene usted un contra-recibo?

El joven sonrió quitándose el cabello de la cara. —Sí, aquí está —dijo orgulloso y sacándolo del interior del saco se lo mostró al hombrecillo sin dárselo.

—Déjeme verlo.

El joven lo miró con desconfianza, giró la cabeza hacia los mirones como buscando su aprobación y finalmente se lo dio un tanto indeciso.

El hombrecillo lo tomó, cotejó en su libro y dijo muy serio: —Si, en efecto, la maleta es suya . . . Qué buena vista, lo felicito.

El joven sonrió

—Pero hay un detalle . . .

—¿Cuál? —dijo el joven con una cara transformada en terror.

Los mirones guardaron silencio.

—No viene usted formado. Aquí hay personas en la línea, antes que usted, llegaron más temprano . . .

El joven lo miraba incrédulo, parecía no entender. —Vaya a formarse, amigo, y cuando llegue su turno, lo atiendo.

Las personas en la línea apoyaron al hombrecillo. —Sí, a la cola —gritó alguien.

El joven tomó su boleto y resignado se alejó de la ventanilla arrastrando los pies. Echó andar rumbo al final de la cola y desapareció por un momento. El primer parroquiano en la línea comenzó a preguntar por unas cajas de tales y cuales descripciones. El hombrecillo lo atendió con el mismo formato: en qué puedo servirle, su boleto, características y bla. La numeración del día estaba lista. Así que todos debían tomar un número y esperar a ser llamados, se informó por los altavoces; nos hicieron tomar un boleto de una máquina. El corrillo se dispersó como si todo volviera a la normalidad. Ramírez fue a sentarse en una silla, ahora frente a uno de los grandes monitores de salidas y llegadas. Bostezó un poco. La línea volvió a crecer, era increíble, maldijo su estupidez. Cerró los ojos, la verdad era que necesitaba dormir, aunque un flujo de ansiedad regresó a hervir en la parte baja de su estómago.

Nuevamente, aquella imagen poco nítida hizo su aparición: los instantes de un auto que gira por los aires y se destroza en el pavimento, el rostro ensangrentado de una persona, palabras que no significaban nada, un alarido. Brincó en su asiento, abrió los ojos. Afuera nada había cambiado. Gentes en la misma línea hojeando revistas, platicando, mirando el reloj, la televisión, esperando simplemente.

Ramírez estiró los brazos, bostezó. De pronto vio como el joven, que hacía no más de una hora había encontrado su maleta, se acercaba ahora a la ventanilla a grandes zancadas. Se detuvo un momento, intercambió palabras con un hombre que se cruzó en su camino y con gesto congestionado empujó al primer cliente en la línea.

—¡Exijo mi maleta! —lanzó el joven completamente descompuesto.

El hombrecillo reaccionó: —¡Tenemos reglas! ¿Qué no se ha dado usted cuenta?

—¡Me importa un carajo! ¡Quiero mi maleta!

—¡Si no se forma y espera su turno, no la va a obtener!

El chico se cogió de los barrotes: —¡Váyase a la mierda! ¡No voy a esperar un día más acá en esas sillas de tortura!

—¡Por favor! ¡Por última vez! ¡Siéntese, lárguese, tome un número, o fórmese, pero déjeme trabajar! —ladró el hombrecillo mirándolo de arriba abajo.

—¡O me da la maldita maleta, viejo cabrón, o entro por ella!

El hombrecillo se acercó a la reja por la parte de adentro:

—¡Ah sí! ¡Atrévase! Me gustaría verlo . . . esa puerta está diseñada para soportar el peso de un elefante.

—¿Sí? ¿Y qué de una bomba molotov? ¡Cabrón! —Ahora fue el joven quien pareció sonreír.

—¡Te vas a arrepentir de los que has dicho, bravucón! —amenazó el hombrecillo y fue al teléfono donde marcó un número con desesperación.

El joven corrió hacia el área de restaurantes, regresó con una barra de metal y comenzó a golpear la puerta de la oficina aquella mientras lanzaba improperios.

El hombrecillo en tanto, pertrechado en su escritorio, volvió a hacer una segunda llamada, esta vez a las fuerzas del orden.

Madelyn, la chica de la noche anterior, y un joven negro se sumaron al derrumbamiento de la puerta, y comenzaron a darle patadas, golpes con un bote de basura.

La línea desapareció, convirtiéndose ésta en un círculo humano que, excitado ante la violencia, comenzó a exigir una sola cosa: sus maletas, sus objetos perdidos, lo extraviado.

Sin embargo, más tardó la gente en salirse de la línea, que en aparecer un escuadrón de uniformados que sin el menor aviso se fueron encima de las personas sentadas en las butacas, entre ellos Ramírez y otros que corrieron para protegerse de los ataques. Ahora el conglomerado humano fue mayor y lanzaba improperios contra las fuerzas del orden. Había un hombre que sangraba profusamente y tenía una herida en la cara. Le habían dado de lleno en el cráneo con uno de aquellos garrotes.

—¡Puercos! ¿¡Por qué le pegaron!? —reclamaban.

—¡Malditos, si sólo dormía!

Los policías amenazantes sonreían detrás de sus máscaras transparentes y se acercaban lentamente. Un joven salió del grupo y le asentó a uno de los uniformados un par de buenas patadas de karate que lo hicieron caer. El joven regresó victorioso a la masa protegiéndose de otros dos uniformados que ya venían a masacrarlo. La masa festejó. Los policías se detuvieron en seco ante la amenazante muralla de puños y patadas que los esperaban. Lanzaron bastonazos al aire y dieron dos pasos atrás. Ahora el que avanzó fue el conglomerado humano. Una lata de refresco se estrelló en el casco de otro de los policías y éste cayó al suelo como un muñeco. Se replegaron, y la masa eufórica pedía sus cabezas.

—¡Cerdos! ¡Acérquense cobardes!

Los policías se veían indecisos.

El joven karateca, Madelyn y el joven negro —que resultó ser neo anarquista—, avanzaron unos metros y comenzaron a retar a los policías haciéndoles señales obscenas.

Un segundo cuerpo de policías hizo su arribo entrando por la puerta principal. Se reintegraron con los otros y todos en línea comenzaron a avanzar con sus garrotes por delante.

## 2

El encontronazo fue inevitable, y pronto se encontraron civiles peleando contra policías, gente sangrando en el piso, gente corriendo despavorida, golpes, gritos. De pronto todo sucedía en cámara lenta.

Ramírez asombrado miraba la escena desde su puesto en la pared, no sabía qué hacer, no daba crédito a lo que estaba sucediendo. La verdad era que detestaba la violencia. Mientras pensaba en la lógica de todo aquello, vio acercarse por el extremo izquierdo a un policía que de repente lanzó su garrote contra su cara. Tuvo a bien agacharse y dar dos pasos al frente. Había hecho su servicio militar con los marines, estudiado medicina en un colegio militar, así que sabía cómo meter las manos y le lanzó al policía una patada, luego otra, aunque el uniformado logró colocarle un fuerte golpe en los nudillos con el bastón. Ramírez rodó por el piso.

Un joven vino por detrás y golpeó al policía en el casco, y éste cayó al suelo. Ramírez dio las gracias al joven y se puso de pie. Ahora no sólo estaba molesto, sino ofendido. *¿Por qué actuaba así la maldita policía? ¿Por qué contra niños y mujeres?*

Por una de las puertas laterales, vio aparecer a otro sin número de uniformados montados en caballos. Aquello era inconcebible. Una primera bomba molotov estalló frente a los caballos, los cuales relincharon, lanzando a sus jinetes al suelo. Una segunda molotov rompió la formación policiaca y los uniformados se dispersaron, corriendo hacia el área de restaurantes.

Grupos de jóvenes arrancaban las horrorosas sillas de sus lugares y comenzaron a formar una trinchera. Un grupo de élite-antimotines hizo su aparición y se posicionaron al centro de la estación. Vestían máscaras antigases, metralletas y escudos de plexiglás. De atrás de la multitud, una lata lanzada por aquellas hondas, hechas con partes de camiseta, cruzó la distancia entre la muchedumbre y las fuerzas represivas y fue a estrellarse contra la cabeza de un caballo que cayó de bruces con el cráneo partido en dos. La masa explotó en gritos de júbilo. La policía por más respuesta comenzó a disparar gas lacrimógeno a diestra y siniestra. La gente se dispersó replegándose hacia las paredes, tosiendo. Un grupo de jóvenes logró encender una pira de fuego para contrarrestar los efectos del gas, en tanto que sus compañeros seguían bombardeando a la policía con aquellas latas que explotaban, lanzando líquidos dulces de colores por todas partes. Se podía ver ya a varios policías tirados en el piso. La policía atacó por el lado izquierdo y varias personas cayeron. Un joven cubierto de sangre fue arrastrado por dos mujeres que trataban de auxiliar a los heridos. Una anciana lloraba en el piso, había perdido sus zapatos y miraba atónita por sus anteojos rotos. La policía seguía adelante, y el joven karateca se liaba a golpes con dos de ellos que no podían controlarlo. La chica y el joven anarquista lanzaban de regreso a los policías las latas de gas que caían a sus pies, como si estuvieran jugando al tenis. — ¡Jódanse, puercos! —gritaban emocionados.

Ramírez corrió a auxiliar a un viejo que se arrastraba bajo las patas de los caballos, lo tomó por los hombros y lo arrastró hasta uno de los pilares. Fue después por un chiquillo que lloraba desesperado en medio de la trifulca y lo sentó junto al viejo. Se tocó la frente, estaba herido, sacó el pañuelo que llevaba en la chamarra y lo acomodó en su frente. Tenía la camisa manchada de sangre, su mano estaba muy hinchada y se veía mal. Estaba agitado. Escuchó un grito muy fuerte, levantó el rostro y vio como el joven anarquista era golpeado por cuatro policías que lo tenían en el piso propinándole una senda paliza sin piedad.

Ramírez escondió la cabeza detrás del pilar. No sabía qué hacía en medio de aquella ridícula batalla campal. Una lata de gas rodó a sus pies esparciendo su volátil veneno en torbellinos blancuzcos. Tomó la lata que estaba muy caliente y corrió con ella en mano hasta la ventanilla que permanecía abierta. La arrojó adentro, ante el asombro del hombrecillo que comenzó a ahogarse y a toser. A unos pasos, Madelyn yacía inconsciente, derribada sobre su mochila como si dur-

miera, sangrando de la nariz, de la boca. Ramírez se extrañó
de no tener consigo su maletín de médico. . . .

¿Dónde lo había dejado?

Ahora la policía disparaba balas de goma que chocaban en
todas partes dejando pequeñas manchas negras. Una bala le
golpeó la pierna izquierda, y Ramírez lanzó un grito. Otra más
le golpeó un brazo. Se arrastró y cubrió su cuerpo detrás de
los monitores de televisión que lanzaban chisporroteos. Levantó la vista y vio a un policía caer de su caballo envuelto en
llamas. Observó cómo por una de las puertas laterales logra-
ban escapar un gran número de jóvenes, y sintió mucha alegría
por ellos. Se dejó caer de rodillas, no quería que los uniformados lo vieran, arremeterían contra él. A sus espaldas escuchó ruido y vio salir al hombrecillo de su bunker; mientras
intentaba coger aire con la boca abierta y los ojos desorbitados,
cayó al suelo convulsionándose. En cuclillas Ramírez corrió
hasta el hombrecillo, pasó sobre él y se introdujo dentro de la
oficina, cubriéndose la nariz. Obcecado, comenzó a buscar su
maleta en la oficina aquella con desesperación, como si fuera
la única cosa importante, mientras la batalla afuera continuaba. Sirenas de ambulancias, lamentos, radios de onda
corta, objetos que caían, cristales que se rompían, gritos.

Nada en las gavetas. Abrió los armarios y arrojó cajas y
paquetes al piso, nada, por ningún lado. La maldita maleta
que necesitaba más que nunca y era lo único con lo que contaba después de su divorcio. Maldita mala suerte. Tampoco
recordaba el teléfono de su hermano, ni el de su casa; la
agenda telefónica también estaba en el interior del objeto perdido.

"*¡Maldita sea!*" lanzó al aire con furia. Fue hasta el escritorio del hombrecillo. Detrás de éste descubrió una puerta,
trato de abrirla aunque estaba cerrada con llave. Dedujo que
algo importante habría detrás. Comenzó a buscar en los ca-

jones por las llaves, revolvió el escritorio de un lado a otro. En el tercer cajón de abajo encontró un racimo de llaves. Probó una por una, hasta que finalmente hizo girar la cerradura. Cruzó el umbral y se encontró con unas escaleras que bajaban. Buscó el interruptor de luz, no había. Regresó a la oficina y tomó del escritorio una lámpara de baterías y con ella descendió aquellas escalinatas en forma de caracol de una piedra muy negra y muy sólida. Se detuvo en seco, por poco se cae; las escalinatas terminaban sin llegar al fondo. Su corazón palpitaba intensamente. Trató de enfocar sus ojos en la oscuridad. Olía fuertemente a humedad, a encierro. Al fondo, maletas, maletas y más maletas. No daba crédito a lo que sus ojos veían. Inconcebible. Recorrió con la lámpara aquella inmensidad de maletas y objetos. Quizás estaba soñando, o había enloquecido . . . aunque no, parecía que aquello era real. Calculó la distancia entre el último escalón donde estaba parado y la superficie de aquella montaña abajo y decidió saltar.

## 3

De pronto se encontró parado encima de una gigantesca montaña de maletas, valijas, bolsas, baúles, mochilas, portafolios y demás equipaje perdido durante quién sabe cuántos años, quizá décadas.

Con el haz de luz descubrió que era un lugar inconmensurable. Algo como una bodega . . . o simplemente un gigantesco tiradero de equipaje. No daba crédito a lo que miraba. La verdad es que no encontró comparación y ni siquiera si la había. Al fondo pudo observar otra serie de montañas de equipaje de diferentes colores y texturas. Se halló perplejo. Se puso en cuclillas. Tomó un maletín grande, pesado, de color negro y tirantes a los costados, aunque no pudo abrirlo. Dio dos pasos y resbaló montaña abajo, rio como un chiquillo, aunque debió estar aterrorizado, lo supo. Cayó de bruces, quedó sentado sobre el estuche de un contrabajo. Se puso de pie, siguió caminando, paso a paso. Había maletas de todas formas, tamaños y tipos; cuadradas, redondas, de colores brillantes, de colores sobrios, de materiales duros, de plástico, de tela, de piel, con cromados a los lados, con diseños al frente, a los costados, metálicas. Maletas de los años cuarenta, los oscuros cincuenta, los fabulosos sesenta y los locos setentas, de los hilarantes ochenta y hasta de los pasmados noventa. Era increíble: una tremenda colección de equipaje sin organizar. Algunas maletas llevaban cerradura de difícil combinación, otras simples candadillos en los ojales del *zipper*, otras nada, no siquiera ropa dado que estaban vacías, como si sus dueños hubieran olvidado llenarlas.

Tomó un pequeño maletín, lo descansó en sus rodillas. Era un objeto rectangular de color azul cielo pálido y de costuras blancas. Volteó de un lado y de otro, como si temiese que lo fuesen a ver. Se atrevió a abrirlo y un fuerte olor a humedad brotó del interior de aquel maletín antiguo. Con el haz de luz descubrió que la ropa dentro aún estaba doblada perfectamente, era ropa de mujer. Encontró además, un espejo redondo color plata, un cepillo de carey y un pequeño estuche con objetos femeninos: un lápiz labial, unos aretes, pintura para las pestañas, rímel, crema para las manos y una endurecida pasta dental.

Ramírez sonrió, se sintió como un *voyeur* recién descubierto. Puso todo en su lugar, volvió a cerrar cuidadosamente el estuche y lo acomodó encima de un estuche mayor que llevaba una cadena por los cuatro costados y dos candados de combinación. *Debía haber algo de mucho valor adentro para su dueño.* Corrió el zíper de una segunda maleta, contenía una verdadera colección de objetos de arte: un ajedrez de color fucsia, una Biblia de piel con ribeteados de oro en latín y una pequeña daga con piedras preciosas incrustadas en la empuñadura, además de corbatas, calcetines y polainas. Ramírez pensó en guardarse para sí aquella hermosa daga, pero al instante se arrepintió, ya que por alguna razón creyó que eso era desleal. Acomodó todo en su lugar y volvió a cerrarla para colocarla junto a la primera. Se puso de pie. Descendió unos pasos, dio con un baúl que llamó su atención y dedujo que en éste podría caber un hombre de pie, aunque estaba cerrado con llave y era muy pesado. Lo observó en detalle; tenía la piel carcomida por la humedad y unos grandes sellos de la época del Tercer Reich. Cogió un nuevo equipaje en el cual encontró una lupa art-deco conmemorativa de la ciudad de Nueva York, además de unos zapatos de aguja de dos colores y una peineta estilo Gran Gatsby. Tomó los zapatos, los observó, eran pequeños, y casi pudo imaginar a su dueña: pelo corto, medias de seda negras sujetas a ligueros transparentes, cigarrillo entre los dedos y un sombrero de fieltro color gris debajo del cual se vislumbraba una sonrisa. Pensó en Greta Garbo. *¿A dónde iría la dueña de aquellos objetos antes de perderlos? ¿A probar suerte en Hollywood?* Cogió una maleta de color rojo. *¿Qué se decide meter uno a una maleta para llevarse consigo? ¿Qué decide dejar uno en casa?* Adentro, mucha ropa de algodón y en los compartimientos sobres con fotografías, entre ellas, hombres de facciones y miradas duras, ropas sencillas, manos toscas, sombreros y casacas pesadas para el frío. Volvió a cerrarla y cogió un maletín *¿A dónde iba él?* se preguntó esta vez y sintió un escalofrío. Se puso de pie. Esta vez ya no cerró el equipaje y todos los objetos se cayeron. Dio unos pasos al frente sin importarle.

En su caminar se topó con un baúl volteado de cabeza, lo movió, tenía las bisagras oxidadas y parecía muy antiguo. Logró abrirlo. En su interior más fotografías, de mujeres vistiendo ropas holgadas, mujeres pesadas, de senos grandes y miradas tristes aunque decididas. En otro compartimento, instantáneas de hombres con caras de inmigrantes, quizás italianos, irlandeses, escoceses, sin duda gente pobre por sus vestimentas, personas con la mirada lánguida, tal si hubieran dejado atrás algo irrecuperable. Colocó las fotografías en el sobre y las regresó a su lugar en el baúl con cuidado. Se puso de pie, miró en redondo, quizá aquéllas eran las maletas de todos los inmigrantes que nunca habían llegado a su destino. Un escalofrío recorrió su piel.

Pensó en su familia, en sus hijas y sintió una profunda ansiedad. Se moría de ganas de verlas, deseaba tocarlas, decirles cuanto las amaba. *¿Qué hacía él, el doctor Ramírez en ese maldito lugar? ¿Soñaba acaso? ¿Qué intrincada historia se traían los malditos empleados del Greyhound?* Al carajo la maleta, no le interesaba ninguno de los objetos dentro, incluso los tres mil dólares, al carajo todo.

Decidió regresar por donde había venido. Comenzó su ascenso por la montaña de maletas, pero ésta pareció interminable. Se despojó de la chaqueta, sintió calor y comenzaba a tener sed. Siguió adelante, no supo por cuanto tiempo, hasta que el haz de luz de la lámpara de mano casi se extinguió. Finalmente llegó a la cima de la montaña aquella, pero no pudo ver nada, sólo sombras que se movían, murmullos que eran llevados y traídos por una suave brisa que lograba colarse por algún lugar. *¿En dónde estaba en realidad?* Se sintió extenuado y tomó asiento. Sus manos dieron con un viejo periódico amarillento que resultó ser el *New York Times* del ocho de agosto de 1918, el día del armisticio. Comenzó a leer la nota con mucho trabajo, hasta que las baterías finalmente fenecieron. Cerró los ojos, se sintió cansado y se recostó hasta que se quedó profundamente dormido.

*Discute con su mujer que sube al auto. Ha descubierto que tiene una amante, lo encara, sabe que aquel congreso de medi-*

*cina en Ontario es una simulación para encubrir su adulterio.*
*Es un mentiroso, un hombre desleal que intenta huir de sus obli-*
*gaciones, un profesional sin corazón para las dos pequeñas que*
*en el asiento trasero dormitan.*

## 4

Despertó muy de mañana aunque no supo la hora, pues no llevaba reloj. Había un poco de luz, una luz azul de aspecto mortecino que lograba colorarse por algún lugar, aunque no supo identificar de dónde. Se talló los ojos, giró la cabeza ciento ochenta grados: a su derredor maletas, cientos, miles de ellas, quizá millones, sobre toda aquella extensión inconmensurable. Se puso de pie. Nuevamente deseó estar soñando, aunque todo parecía tan real que sintió miedo, quería largarse, regresar por donde había entrado.

De pronto, a lo lejos, observó a una figura humana sentada en la parte superior de otra gran montaña de maletas. Se escondió bajo un gran baúl que había sido abierto de forma violenta. Lo espió por el gran agujero junto a la cerradura. Lo observó por más de veinte minutos atrincherado ahí. No parecía un loco aunque estaba descalzo y desarrapado. Ramírez salió de su escondite improvisado y levantó una mano, tratando de llamar su atención, pero el otro miraba en lontananza hacia el infinito. Levantó las dos manos entonces, gritó, agitó los brazos en el aire, pero el hombre no lograba verle. Decidió ir a su encuentro. Bajó la pequeña montaña y subió a otra. Estuvo entonces a sólo unos cincuenta metros, volvió a agitar los brazos y a gritar. Vio como el hombre se puso de pie, un poco desconcertado. Pareció sorprendido de su presencia, extrañado. Finalmente pareció reaccionar a sus saludos y agitó también las manos, sonrió. Se hicieron señas. Ramírez entendió lo que el otro sugería para encontrarse.

Debía evitar la gran muralla de equipaje y bajar por una pequeña montaña de maletas abajo. El hombre echó a andar, parecía conocer muy bien el camino y dónde pisar y brincar sin caerse. Ramírez un poco más novato en aquel terreno, se puso en movimiento también, aunque con más lentitud cuidando no tropezar. Ramírez lo miraba fascinado como un chiquillo que siente envidia por su compañero de juegos más diestro y más ágil. Cada determinado número de pasos, se miraban para no perderse de vista. Debía estar quizá aterrorizado, pero no lo estaba, prefería buscar la explicación lógica, por eso era un médico, un hombre de ciencia, un tipo obcecado con la verdad. Quería que aquél le dijera dónde estaban, qué hacían ahí y básicamente cómo regresar, que es lo único que le preocupaba. Descansó un momento sobre un enorme bulto de ropa envuelta como una paca de algodón; se sintió agotado, sudaba un poco y sintió el aire espeso, cargado de polvo, humedad y encierro.

Finalmente, una hora más tarde tomaron asiento uno junto al otro. Se miraron. El hombre vestía un holgado chaquetón de la guerra civil y una camisola de infantería de la Segunda Guerra Mundial. Ramírez lo encontró sentado en el estuche de un Stradivarius, mismo que el tipo sostenía en el cuello, intentando "*Capriccio*" de Paganini. Ramírez sonrió, por primera vez le pareció que todo aquello era muy cómico. El hombre dio fin a su pieza y levantó el violín en alto, cerró los ojos. Ramírez no tuvo más remedio que aplaudir.

—Hola, soy Mark. —Extendió una mano callosa y sucia.

—Ramírez —dijo el doctor, y se estrecharon las manos.

—¿Le gusta el paisaje? —dijo Mark, sarcástico desde una actitud que Ramírez no entendió.

—Para ser sincero, no.

—Es una lástima . . . ¿ve aquella montaña allá?

—Sí, ¿qué con ella?

—Le recomiendo nunca se arriesgue por allá . . . qué bien que no siguió derecho. —Lo miró a los ojos—. Le explico. Una vez hace muchos años, una tromba azotó la ciudad. Hubo inundaciones en muchos lados, incluida la biblioteca pública, los archivos gubernamentales y por supuesto aquí. Hubiera usted visto. El agua subió en algunos lugares más de 90 pulgadas. El agua entraba a borbotones por las ranuras aquellas encima de las ventanas.

Ramírez lo miró con extrañeza e intentó ver las ventanas pero no las veía. *¿Cuánto tiempo hacía que aquello había pasado? ¿Era aquél un loco viviendo en aquel lugar?*

—Lo que quiero decir —continuó el otro mientras se ponía de pie—, es que no camine por aquella parte. Supongo que por lo menos hay unos doce pies de profundidad, las maletas flotan encima. La última vez que alguien vino a visitarme fue un empleado, no recuerdo de qué línea de autobuses, buscaba las maletas de su novia. No quiso escucharme o no me creyó . . . el caso es que intentó aferrarse a las maletas con todas esas cosas podridas . . . y dos horas más tarde se hundió. Pretendía que yo le ayudara . . . imposible, yo le dije, como se lo digo a usted ahora. Fui muy claro.

*Este hombre con seguridad está loco de a tiro*, pensó Ramírez. Se puso de pie. Giró su mirada alrededor, intentaba localizar la puerta de acceso a aquel lugar, las escaleras de caracol que recordaba. Nada. Las proporciones del lugar eran descomunales, simplemente desproporcionales. Las escaleras parecían haberse difuminado.

De pronto, aquel sitio pareció no tener límites, era de verdad un lugar enorme, sin horizonte. *¿Dónde carajos me encuentro?* Se imaginó a sí mismo parado en aquella enorme extensión de baúles y maletas. . . . Era una caricatura, una figura del absurdo, una apariencia.

—*Anyway* . . . lo veo más tarde —dijo Mark que tomó un cofre del piso y metió el violín.

—Espere . . . —balbuceó Ramírez—. ¿Adónde va?

—Por allá. —Señaló a lo lejos—. Es un área que no conozco. Además debo encontrar un joyero que viene dentro de un maletín. Dentro viene el anillo que pienso darle a mi futura esposa.

—Un momento, estoy confundido . . . ¿Qué hace usted aquí?

El hombre lo miró extrañado, dio un paso al frente parándose sobre un portafolio *Superlight* y dijo: —Lo mismo que usted, si me disculpa.

—¿Cómo?

—Le sugiero buscar por aquel lado. Son las más recientes. Los empleados arrojan las nuevas cada treinta días . . . quizá pueda encontrar la suya . . . suerte.

Ramírez giró el rostro y miró asombrado la zona que el otro señalaba. Observó en Redondo. Era tal su terror que se puso lívido. *¿Qué era aquel lugar?* Sintió que le faltaba aire, que flaqueaba.

—¿Cómo dice que es?

—¿Qué? —preguntó Ramírez tratando de que no se le doblaran las piernas.

—Su maleta, por supuesto.

—Negra con cuadros azules al frente en tela escocesa —dijo de un tirón.

Mark lo miró a los ojos, esbozó una sonrisa y le extendió la mano. Ramírez pensó que Mark se parecía a sí mismo.

—Bienvenido a *Lost and Found*, amigo.

—Gracias.

—Espero que encuentre lo que busca.

—Pero . . .

Ramírez perplejo, sin poder abrir la boca, mudo, vio alejarse a Mark, quien brincó de maleta en maleta como alguien que cruzara un río saltando sobre las piedras para no mojarse. Ramírez se dejó caer de rodillas. Mordió su lengua con fuerza y cerró los ojos con la esperanza de que todo aquello desapareciera. Pero en su lugar, la imagen de un autobús de pasajeros que al salir de la curva se echa encima del Mercedes, que da dos vueltas en el aire sin control, que sale disparado hacia el barranco girando y golpeándose contra árboles y piedras, en medio de humo y fuego. Mientras Ramírez, con los ojos de otro, desesperado, ve a sus hijas salir disparadas por las ventanillas, a su mujer golpearse contra el parabrisas, cubrirse de sangre, morir, mientras él intenta desesperadamente tomarle la mano, decirle que le ama, aunque tiene aquella maleta preparada para irse. . . . Pero no puede, no puede moverse, no puede hacer nada, mientras su equipaje cae a un agujero profundísimo que no tiene fondo, excepto por la oscuridad, la antimateria donde todo lo perdido va a acumularse: fotografías, recuerdos, cartas, las ideas que nuestros propios sentimientos crearon . . . las cosas, incluso las aún no terminadas de nombrar.

# El día anterior al anterior

*a mi tío Gustavo, en memoria*

## 1

A la fecha Grace detestaba su trabajo. También los aviones, el mundillo banal y egoísta de las azafatas y el mal dormir. A veces soñaba con que el aparato en el que viajaba era aplastado como una gran mosca por la mano de Dios, que lo azotaba contra las nubes; al momento del golpe y antes de la sangre escurriendo del cielo, despertaba bañada en sudor.

Sumando las horas en el aire, estaba ya en su segunda vuelta al planeta . . . literalmente hablando. Se miró directamente a los ojos en el espejo. ¿Con cuántos capitanes se había acostado?

¿Con cuántos aeromozos y con cuántos pasajeros de la primera clase? Se ajustó las insignias metálicas de la aerolínea para la que trabajaba. Se alisó la blusa, los pliegues de la falda, se amarró la pañoleta roja al cuello y sonrió a sí misma, como si les sonriese a todos los pasajeros del vuelo que partiría en dos horas. Terminó de hacer su equipaje.

A decir verdad, el trabajo había perdido su chiste, el dormir con hombres desconocidos también. Sabía que todos los capitanes y aeromozos eran eyaculadores precoces, dado el efecto de la altura, el cambio de husos horarios y todas esas cosas. Llevaba la cuenta, algo como veinte hombres en su haber a lo mucho, veinte hombres, no tantos. Algunas de sus compañeras aeromozas habían llegado a los cien, sin problemas; otras incluso se ufanaban de más amantes que eso. Ella en lo particular recordaba a casi todos los hombres de una noche con los que había pernoctado. La mayoría de las veces había accedido a irse a la cama con ellos, por el simple hecho de sentirse sola. No se arrepentía de nada. Había sido una decisión tomada: *un día se cae el avión, y adiós para siempre. . . .* Lo sabía, por lo menos en aquella profesión era mejor saberlo. Algunos de aquellos deslices no los olvidaría jamás. Recordaba uno en particular. La había pasado bien con un comerciante libanés durante un increíble fin de semana en Londres, ataviada de regalos y lujos, mejor tratada que una princesa. Recordaba también una segunda ocasión, con un policía encubierto que se las daba de coleccionista de arte, esto en Roma, tres días, jugando a los espías, muy buen sexo en un castillo. Había otros encuentros memorables, pero quien la había vuelto loca y para siempre, en definitiva, había sido un dizque escritor, con quien se había topado en dos ocasiones, en dos diferentes vuelos, en dos diferentes lugares. Un tipo divertidísimo y con una imaginación erótica delirante. En vuelo a Dallas la primera vez, en vuelo a Los Ángeles la segunda, dos fines de semana inolvidables . . . nadie había tocado su cuerpo de aquella manera.

## 2

Para "Los Alacranes" la noche anterior había sido bestial: auditorio lleno y contrato extendido para otras presentaciones en el otoño en dos ciudades más del interior de México; Guadalajara y San Luis. Iban en camino a San Antonio y Austin. Nada mal para una banda de rock que había vivido mejores tiempos: dos éxitos en el top ten y dinero a manos llenas. Mujeres, locura, gasolina y buenas drogas.

La apoteosis había sido al final del concierto, cuando habían interpretado "Bienvenidos al Cielo", en la que dos requintos reventaban a golpes contra una batería delirante, en medio de borbotones de luz blanca y estrobos. El champagne, las fanáticas jovencísimas, la primera plana en los diarios capitalinos del espectáculo, la entrevista en un programa vespertino de televisión, la invitación a un par de fiestas privadas, una maleta llena de regalitos.

"Los Alacranes" descendieron de la limousine a la entrada del aeropuerto y para su sorpresa ningún grupo de fans les hizo bulla, sólo los maleteros y el valet parking. Lucían amarillos; dos de ellos habían cogido diarrea, uno más constipación y al vocalista le daba vueltas la cabeza. Ya no eran los mismos, de cuando la fiesta se alargaba por días y días. Mientras los maleteros vaciaban la valija del vehículo, su viejo representante, ahora ayudado por un bastón, y ellos cuatro caminaron hacia la puerta de *Departures*. Se despidieron del hombre a cargo de la empresa de contratación local, del traductor y de los guaruras que los habían acompañado durante aquellos días, y a quienes no pudieron negarles un autógrafo. Pasaron seguridad sin problemas. Ya solos, se detuvieron frente a un escaparate y se vieron tal y cual eran: cuatro vejetes rancios, acompañados por un representante bisabuelo de un grupito de rock, cuya música se programaba ya nada más en las estaciones de *oldies*.

## 3

Pedro Manuel Madrid Ocaña se despertó como todos los días a las once de la mañana, se desperezó estirándose cuan largo era y bostezó como un león. La noche anterior había bebido más de una botella de whisky él solo y aspirado por lo menos un gramo de buena cocaína.

Accionó el control remoto, y las cortinas se corrieron una cuarta parte, dejando entrar una luz mortecina y gris que avecinaba lluvia. Junto a él, una joven vieja amiga que era admiradora de su padre, el ex presidente de México, roncaba. Se puso de pie. Cruzó la habitación del noveno piso del hotel "El Nacional" donde todavía era bienvenido. Miró hacia afuera. Abajo la avenida Reforma moviéndose de un lado a otro lentamente. Se rascó los testículos. A lo lejos las montañas apenas esbozándose, cual fantasmas en un cuento de Rulfo. Se recordó a sí mismo y suspiró. Veinte, veinticinco años atrás, cuando su padre había mandado aquel país y él había sido el rey de "un México que empezaba a ser moderno", según frase de los historiadores. El tigrillo era su apodo de niño y con el cual se había hecho famoso en aquellos gloriosos días de escándalo, montado entonces en una poderosa Harley Davidson, en una calle Reforma cerrada sólo para él y con sus guaruras en carros y patrullas vueltos locos por su seguridad. Sonrió para sí, habían sido los mejores días. Escuchó en sus oídos la aún fresca risa de María Angélica, abrazada a sus espaldas, radiante, a ciento ochenta kilómetros por hora... como la imagen misma de la felicidad. La imagen le hizo cerrar los ojos. Siempre había deseado quedarse en aquel tiempo, siendo joven, siendo el rey de aquel país, de aquella ciudad que le había pertenecido, en compañía del angelical rostro de María Angélica con la que en ocasiones soñaba. Suspiró. Era el fin de las vacaciones y el regreso a su vida en Dallas, donde administraba una agencia de venta y reventa de carros nuevos y usados. En Dallas no era el rey, en México tampoco claro, aunque conservaba un montón de amigos relacionados con la política y los negocios, no todos ellos legales, of course. Aunque así funcionaban las cosas en este país y nadie lo veía mal ni decía nada, excepto los entrometidos periodistas y la competencia que siempre venía detrás aprovechando a sus padres y parientes asentados en los puestos de poder. Ya saben el famoso dicho: "quien se mueve no sale en la foto, y quien no aprovecha se queda chiflando en la loma".

## 4

Cristal García se aplicó rojo carmesí en los carnosos labios que la habían hecho famosa en la telenovela "Cuna de extraños", donde había sido la protagonista principal de un dramón que había permanecido al aire por algo más de cinco años. La trama era la de siempre. Cristal protagonizaba a la chica ingenua, provincial, pobre y huérfana que se encontraba trabajando de pronto y por azares del destino en la casona de un rico industrial del que al final, en un dramático twist, resultaba su hija. Para la cuarta estación, rica de pronto y siendo otra, Cristal se enfocaba en salvar a los pobres. Visitaba pueblos, construía iglesias y clínicas de concepción, cual mesías femenino. En uno de esos viajes, se topaba con el orgulloso Jeremías, hombre honrado aunque en la miseria, quien se negaba a recibir su ayuda por considerarla una limosna y una falta de dignidad para un hombre. Sucedían varios encuentros y, como era de esperarse, terminaba enamorada de él.

"Todo lo puede comprar el dinero, excepto la dignidad de un mexicano . . ." era la frase célebre del culebrón que la había encumbrado como una de las mejores actrices de carácter de su momento.

Aunque en su propia opinión, el momento había sido muy breve. Lo mismo que la fama, la fortuna, la independencia económica . . . todo el proceso muy corto, y maldecía.

Aunque seguía siendo bonita, era una mujer de 43 años, dos cirugías y con el talento exprimido al máximo. Hoy en día nadie la reconocía en la calle y muy pocos la recordaban, quizá los fanáticos de las viejas telenovelas y series de televisión. Esa mañana tenía un llamado para el doblaje de un programa de caricaturas en inglés, donde hacía la voz de la bruja buena. Menos mal, tenía trabajo. Se ajustó las zapatillas y se miró en el espejo, sumió el estómago, levantó el busto, se dio la vuelta y se miró. El tiempo, detestaba el tiempo, la edad y el maldito proceso de envejecer, para el cual no se encontraba preparada. Arrojó la chaquetilla a la cama y se probó otra, esta vez una de color azul para matizar el trasero que se le había puesto grande, a pesar de que no tenía hijos, a pesar de las dietas, a pesar de todo. "El trasero de la abuela, ¡maldita sea!" Se dio una nalgada y se alejó.

## 5

"Los Alacranes" venían de una gira por Sudamérica donde seguían siendo famosos; pues como todo en el tercer mundo, habían llegado tarde. Sus canciones continuaban siendo populares en la radio, y eso les permitía subirse al escenario donde volvían a ser los cuatro rebeldes que alguna vez habían llenado el Madison Square y el Apollo.

"Pero el tiempo es un maldito sólo de requinto y, mientras te pone a delirar, te consume", había dicho alguna vez Jimi Hendrix, embrujado por su guitarra. Podrían decirse lo mismo de los Alacranes; el problema era que continuaban vivos. Hoy en día seguían gritando sus antiguos sentimientos en arenas polvosas y provinciales donde la magia era apenas doce luces y un stage corto donde brincar; era casi imposible sin temor a romperse la crisma. Por supuesto, no sólo se cansaban de los lugares, los viajes en avión en clase popular y los hoteles de tercera categoría, sino también de sus cuerpos y sus figuras caídas, con los tatuajes deslavados, los estómagos crecidos y los medicamentos en las maletas escondidos por el que dirán de las gentes, de la empresa y del seguro principalmente. Se podía decir que su amistad también se había esfumado, y su relación era simple y llanamente de negocios. Hablaban poco y cuando lo hacían, era siempre refiriéndose al pasado glorioso: cuando el tiempo era otro y lo otro, tiempo.

Sonó un teléfono.

—What's up, motherfucker? . . . Yes, je, yes baby. Of course. We open up motherfucker. . . . Smashing Pumpkins. Six hundred thousand people . . . yes, man. Mexico . . . come on, what do you fucking expect motherfucker, we are classics here . . . je je je. —Quien hablaba era Tony, el vocalista. Ex adicto, ex esposo, ex padre, ex alcohólico, ex propietario de una casa disquera que se había ido a la quiebra.

Tony y Bray habían sido grandes amigos y habían iniciado la banda en el segundo año de high school al descubrirse uno al otro y conocer su mutuo éxtasis al escuchar a Jimi Hendrix, el dios de la guitarra eléctrica. Bray resultó un requintista genial y un buen segundo de a bordo. El resto había venido rápido. Los dos miembros restantes de la banda eran Joe y Scoot, ambos un par de personajes grises que lo mismo les daba el nombre Alacranes que Pescados Muertos. El primero un baterista natural y de buen golpe, y el segundo un excelente bajista que había heredado el talento sureño-musical del padre. Ahora ahí los cuatro juntos en aquel privado ya no eran todo ruido, gritos y algarabía a su derredor. Bray leía el periódico mientras bostezaba, Tony continuaba al teléfono con su hijo de veintitantos años, mientras Joe y Scoot veían por las ventanas un no sé qué, como a veces sucede cuando miramos a través del túnel del tiempo. Y es en el trayecto de ese túnel que vemos a la banda tal y como era en realidad. Cuatro viejos medio calvos, tripudos, de músculos flácidos, caras ajadas y caídas. Cuatro músicos pasados de moda que seguían vistiendo aquella ropa de show más propia para jovencitos. La diferencia entre estar en el escenario y ahí reunidos era la distancia que los separaba. Además, y peor de todo, se aburrían uno a otro. Habían incluso dejado de componer juntos y ya sólo tocaban y retocaban los hits que los habían hecho famosos.

A Joe le molestaban las giras, lo alteraban y físicamente lo ponían enfermo. Prefería estar en su casona, en el patio trasero, aunque la piscina estuviera seca, los muebles en la cocina pasados de moda y todo vetusto y decadente. Disfrutaba de jugar con sus perros, tenía tres. Era viudo con novia, sin hijos, pocas deudas y algo en el banco. Podía decirse que era un tipo feliz.

A Scoot le gustaban las giras, se sentía importante, aunque le daba igual un pueblo que otro, una torta que un taco y estar solo que acompañado. Era un tanto apático, siempre lo había sido. El mismo reconocía que todo había sido suerte. Mujeres, éxitos, fama, todo puesto para él en la mesa de la vida, bueno, excepto el dinero que tampoco le sobraba. "La suerte lo es todo" era su frase.

Bray se aburría, aunque intentaba, tomaba las giras como vacaciones. Era divorciado en tres ocasiones, dos hijos, económicamente estable, con ahorros e inversiones, el de mejor posición en este aspecto, pero se aburría. Todo le aburría, al grado que había empezado a preocuparse.

Y en cuanto a Tony, el vocalista, era quizá el único que gustaba de las giras. Tampoco era que le encantara salir de un hotel y entrar a otro, hacer maletas, correr por pasillos de aeropuertos pobretones y mal dormir. Es más, a decir verdad, toda aquella actividad lo agotaba en grande, pero la pasaba, bien. El escenario aún lo transformaba, y volvía a ser él mismo; eso era quizá su máxima motivación. En lo privado, era miembro de un club de motociclistas, estaba de deudas hasta el copete y lo volvían loco las mujeres jóvenes, ese era su vicio. Mujeres, no niñas, pero jóvenes. Los mejores tres años de su vida habían sido cuando había tenido una chica diferente cada noche, sin repetir, y de cuando en cuando suspiraba al recordarlo. De toda la banda, que también incluía a Roger, el manager, en cuanto al negocio era el que tenía los pies mejor plantados sobre la tierra y entendía muy bien que la poca fama que les quedaba había que aprovecharla hasta el máximo, antes de que ya nadie se acordase de ellos, ni siquiera sus hijos que los refundirían en un asilo hasta la muerte. Esta era su razón de estar de gira, más que el dinero que hoy en día era bastante poco. Se moría de miedo al saberse que pronto lo refundirían en un asilo de ancianos. "¿Por qué el maldito éxito era tan efímero?" maldecía.

"Los Alacranes" se conocían uno a otro tan bien que ya habían agotado toda posible charla. Lo único que esperaba cada uno a su regreso era llegar y desaparecer de la vista del otro por los próximos tres meses. Roger llegó a ellos y les extendió su boleto de abordaje a cada uno.

—¡Come on, boys!, por qué esas caras tan largas, si no estamos en un velorio . . . Somos Los Alacranes! ¡Arriba corazones!

Se habían separado por casi seis años por rencillas y disputas obviamente de dinero, y por dinero estaban nuevamente juntos. La idea había sido de Tony, que había quedado en la ruina, aprovechando un documental en torno a las grandes bandas y su nominación al salón de la fama. "Es el momento de la reunión, muchachos. Olvidemos lo que pasó entre nosotros, pensemos con la cabeza, es decir en plata . . . no es como que soy el único que tiene problemas".

Casi todo había salido mal, o algo al menos. Entre lo que podría mencionarse, el quiebre de la disquera que los representaba, la adicción de Tony a la heroína y su posterior recuperación, el escándalo pederasta en el que Scoot había estado involucrado, la caída del mercado, el remate de los derechos de autor de sus grandes éxitos por la firma de abogados que los representaba . . . En fin, el haber pasado de moda.

Cuando Tony llegó con la propuesta, "Los Alacranes" se encontraban alejados de la fama, hundidos en deudas, con problemas de alcohol, de sobrepeso, de soledad. Unos a otros se echaban la culpa, y era evidente el sentido de fracaso que se respiraba cuando estaban juntos, sobre todo por no haber llegado a ser como los Rolling Stones. Por no haberse mantenido en la cima como U2. Lo que había pasado —y lo sabían pero no lo decían— eran las malditas canciones simplonas, las letras aburridas, la batería monótona. El vocalista lo atribuía a la actitud poco rockera del resto del grupo. "Carajo, parecen una partida de abuelos. Muévanse, rompan las malditas guitarras". La verdad es que la mayoría de sus canciones sonaban igual que algunos de sus grandes éxitos. Cuando Tony llegó con la propuesta, a pesar de sus odios y pésimas relaciones, la aceptaron. "Nos cae a todos de perlas . . . En el tercer mundo nuestros éxitos se siguen tocando, y hay una cierta nostalgia por las bandas de los 80s ahora mismo. Aprovechemos. Todos sabemos cuánto lo necesitamos. No estoy pidiendo que volvamos a ser amigos, ni mucho menos, sólo que toquemos juntos y finjamos en el escenario ser una banda . . . es todo, money".

En una intersección del túnel del tiempo, los vemos sentados a todos en silencio, sin poder disimular la triste realidad de sesentones que a lo lejos y bajo los reflectores aún pueden verse en acción.

## 6

A Grace la vida se le había ido en el aire, flotando entre nubes, sirviendo refrescos y ayudando a las viejas a cubrirse con cobijas. La paga no era una maravilla, el glamor de la profesión de hacía unos años también había desaparecido. Entregar formas de migración, repartir audífonos, bolsitas de cacahuates y pedir a los pasajeros ajustar sus cinturones de seguridad era todo lo que quedaba. Sonreír de estupideces, de los chismes de las otras aeromozas, de los coqueteos de los empleados de los aeropuertos. Comer en restaurantes de comida barata, beber tragos aguados al final de la jornada en bares sin personalidad y dormir en cuartos de hoteles asépticos y fríos, eso había sido su vida. Había amanecido cruel, se fustigaba. Su lenguaje diario se había reducido a un cúmulo de no más de treinta palabras. Hola, gracias, con todo gusto, por favor, lo que guste, ¿café o té? La sonrisa en un rictus, los gestos del rostro en una máscara. Había pensado seriamente en retirarse. En irse a vivir a uno de esos países pobres donde todavía era posible estirar los dólares, dormir en una hamaca, pasarla tranquila en la arena de la playa. Había volado, era el tiempo de bajar, de soltar el ancla y poner los pies en la tierra.

## 7

Pedro Manuel Madrid Ocaña, alias Tigrillo, había nacido sin talento para la política o las inversiones; a decir verdad, tenía poco talento para cualquier cosa. Nacido en cuna de oro y preferido del padre, nunca había tenido que preocuparse de nada. Rodeado de sirvientas, mozos, jardineros, choferes y ayudantes, sabía exigir, mandar, insultar, demandar, levantar la voz. Tenía unas diez formas —enseñadas por la madre— de mirar a sus subalternos e inferiores según la afrenta. "Mi hijo será un gran líder, sólo los lideres natos tienen esa voz de mando", solía decir Don Pedro Manuel, quien había ascendido desde muy abajo, escalando puestos de poder y decisión, peldaño a peldaño, hasta máximo jefe de la nación. Talento, pero también pactos, chantajes, manipulación, asociación delictuosa, corrupción, crimen. El México de todos para unos cuantos.

Tigrillo era el menor de un clan de seis hermanos, a los cuales Don Manuel había dejado herencia en bancos suizos y norteamericanos. De los seis, sólo sobrevivían tres. Clara, la única con carrera en la política, senadora del PRI. Carlos, que se encargaba de administrar los bienes inmuebles adquiridos por Don Manuel durante su sexenio. Pedro Manuel junior, alias Tigrillo, vivía en Texas y había derrochado toda la parte de su fortuna en mujeres, apuestas y drogas. Su estancia en México tenía dos fines. La primera y más importante era conseguir dinero de Carlos y Clara para tapar un hoyo económico que amenazaba con engullirlo. El segundo fin era encontrarse con María Angélica a quien seguía amando a pesar del tiempo. A pesar de los padres de ella que se la habían escondido por años enviándola a estudiar al extranjero. Apretó el botón del elevador y las puertas se abrieron en el lobby. La noche anterior en una fiesta de senadores había platicado con un general retirado que le había hecho una propuesta que podría cambiar su destino y su economía. Sus hermanos le habían negado un préstamo. Clara ni siquiera lo había recibido después de una hora de espera. Había visitado parientes, amigos propios y de su padre, algunos ni siquiera lo recordaban, y dos de plano lo confundieron con su hermano Carlos el millonario, el zorro de los negocios, el que defendía el apellido, el que daba cuentas a los poderosos. Tigrillo era un fracasado, un tipo que jamás había superado su etapa de junior. Un junior tonto que no había sabido administrar lo saqueado por el ex presidente para su familia, por lo menos su parte.

Detuvo un taxi y el botones le auxilió con el equipaje. Tenía una cita con un oficial de aduanas con quien ya había hecho negocio en el pasado, aunque esta vez se trataba de un asunto bastante delicado, pues iba recomendado por el general. El lugar de la cita era una casa de seguridad cerca del aeropuerto. La voz de María Angélica salió por la radio. El chofer comenzó a tararear aquella vieja y pegajosa canción. Tigrillo volvió a verla contonearse sobre el escenario bajo aquella luz azul que la hacía verse sencillamente de otro mundo. Consideraba a la cantante María Angélica como al amor de su vida.

## 8

Cristal salió a la calle de la colonia privada conduciendo ella misma. Era la amante de un viejo productor de televisión que la trataba como una princesa, aunque la obligaba a hacer cosas en la cama que su moral cristiana veía mal y su gusto también. El cuerpo de aquel viejo, de quien dependía su existencia, le producía repulsión. Se encontraba preocupada, pues sabía que su único sostén en cualquier momento podría perecer y dejarla desvalida. Su situación no la dejaba dormir ni pensar otra cosa. Había comenzado a darle vuelta a una posible solución. Ella sabía que debía darse prisa y pronto, antes de que los hijos del anciano y las dos esposas se le adelantaran.

No podía arriesgarse; el sacrificio de los últimos seis años había sido suficiente. Era dueña de un departamento pequeño, tenía un BMW usado —regalo de él— y una cuenta bancaria bastante pobre, si se ponía a considerar que ése era todo el dinero que le quedaba para el resto de su vida. El último contrato había sido para anunciar una pasta de dientes, y de eso ya hacía casi tres años. Se arrepentía de no haber aprovechado su momento en la cima, de no haber aceptado el desnudo en la película del loco director chileno que ahora era considerado de culto. ¿Por qué el maldito tiempo no podía retroceder? ¿Por qué no era posible regresar las decisiones hechas tiempo atrás? La propuesta de Isabel, vecina y compañera de aventuras, al principio descabellada y producto de unas copas de más, ahora le daba vuelta en la cabeza como una posibilidad más que factible.

Secuestrar al viejo, hacerlo firmar papeles, saquear la caja fuerte de la mansión en Houston donde el viejo tenía dos cuartos llenos con documentos comprometedores y dinero. Por supuesto que sola no podría hacerlo, necesitaba de algunos cómplices. Isabel prometió investigar entre sus amigos y conocidos. Ahora traía un número consigo. Entró al periférico, en la radio "Los Alacranes". Subió el volumen y comenzó a mover la cabeza siguiendo el ritmo de "El amor es una piedra que cae al río".

Se encontró con Isabel y con el amigo de su amiga que no hizo su aparición hasta que ellas dos estuvieron juntas. Isabel como siempre despampanante, aunque nerviosísima. "Lo que tiene que pasar uno por los amigos", soltó. Por supuesto que hacía todo aquello por amistad, claro, parte de su naturaleza, pero esta vez ella también tenía sus propios planes y quería ver como aquello resultaba, mujer práctica al fin. Esto sólo era un ensayo, pues uno de sus tíos millonarios estaba ya en las últimas y quería hacerle más corta la espera. "La práctica hace al maestro", le dijo a su amiga que no entendió muy bien a qué se refería. El amigo, un tipo de cara aindiada, se presentó como ex policía, ex guardia presidencial, ex militar. Experto en inteligencia y egresado de la Escuela de las Américas, un sicario.

## 9

La primera vez que Grace deseó que el avión se viniera abajo en medio del mar había sido el día posterior al acostón con un hermoso capitán de ojos azules, que la había tratado peor que a una ramera.

—No me gusta eso —dijo.

—¡No te hagas la importante, niña. Conmigo, poco y bueno, ¡que te crees! ¿Qué pensabas, que te pediría el matrimonio?

Lo recordaba como si hubiera pasado ayer mismo. A la fecha podría escribir un libro sobre sus experiencias con hombres. Lo mismo le habían regalado flores que se marchitaban en unas horas, que vinos caros que le habían producido diarrea. Su primer pasajero en la lista había sido un gordo simpatiquísimo que le había regalado un reloj de oro por el SkyMall; después le envió una limusina a recogerle al final del turno. Un gordo colombiano que olía a sardina con arroz y a cocaína frita. De los olores, recordaba el de un caribeño, ese particular olor a sal, a calamar, a frijol con huevo, aunque después a sudor rancio, a humedad del mar. Hombres, palabras dulces sobre nubes de algodón, malas bromas, balbuceos, gritos y al final indiferencia . . . o sólo puertas que se cerraban en silencio detrás de aquellos machos de paso por su vida, como los vuelos donde se movía de una ciudad a otra. Ciudades donde a ellos les esperaba alguna esposa, unos hijos, una mascota. . . . Ella ni siquiera eso tenia: un perro que le moviera la cola en algún lugar del mundo. El suyo, el lugar temporal, era Atlanta, una ciudad tan anodina como el pasillo de todos los aviones que había recorrido ida y vuelta, más de un millón, dos millones de veces en sus quince años de aeromoza, moza aérea, remoza. Con aquel altanero, arrogante e hijo-de-puta capitán de ojos azules, todo había empezado como una broma. Ella le compartió que una de sus fantasías era hacerlo en el avión. Él dijo que se encargaría de todo. Ya habían acordado, cosa de que se vaciara la nave. Una auténtica y memorable ocasión excepto por el tipo. La ropa de ambos había quedado regada desde la primera clase hasta la silla 35C donde habían acabado revolcándose. Bebieron todo el vino barato que les fue posible, y lo que parecería una velada romántica acabo mal. El tipo había resultado un sádico.

## 10

"Los Alacranes" —Tony, Bray, Joe, Scoot y Roger— ocuparon sus asientos en primera clase. Una luz mortecina cubría de sombras el pasillo, y por un momento Tony pensó que los pasajeros no tenían caras y se le enchinó la piel. Incluso la aeromoza le pareció un ser con las facciones difuminadas. Intuyó que eran los efectos de la tremenda desvelada que se había pegado, la mala cocaína de los mexicanos, la mala vida.

Bray, que también era bastante observador e intuitivo, pensó que quizá los pasajeros venían dormidos de otro viaje en el que este lugar era sólo una escala. De pronto toda su vida se agolpó en su mente y la vio pasar en cámara rápida.

—Cosa más fascinante, el destino que se apareja y te da un pase de acceso total y eres el rey, pues bajo su larga bata te cubres y todos te ven y saben que eres su protegido. Bajo su sombra eliminas obstáculos y situaciones difíciles —anunció Bray.

Scoot le daba la razón al baterista. Todo aquel largo viaje no había sido otra cosa que suerte, un buen juego de cartas . . . estar en el momento adecuado en el lugar adecuado.

Joe tomó asiento junto a él, y como tenía pensado dormir todo el viaje, ingirió dos pastillas.

Se ajustaron los cinturones de seguridad.

## 11

Cristal acomodó su maleta de mano en el compartimento, volteó a ver a sus compañeros de asiento y no logró mirarles el rostro, quizá por la falta de luz, de sonido, porque llevaban las caras cubiertas quizá. Tomó asiento y respiró hondo. Detestaba volar. Sentía que un vació se le abría en el estómago y que no era otra cosa que su propia inseguridad, lo sabía, gracias a esa falta de respeto, como le había dicho el terapista, vivía en constante estado de zozobra y dependencia. Eso no había triunfado. Era tarde para cambios sustanciales, quizá se había tardado demasiado en tomar la decisión, en actuar. Una parte de sí misma había tenido que ceder, no había sido fácil, llegar hasta aquel punto. Iba en vuelo a un trabajillo, pero también a entrevistarse con un segundo profesional que le ayudaría a quitar de en medio a su amante de años; llevaba en el veliz un documento para él. Se había hecho el fiel propósito de hacerlo sin sentimiento. Si es verdad que no lo amaba, sí sentía por él respeto y cariño. Había que hacerlo con el propósito de seguir con su vida tal como la llevaba. ¿Qué haría sin todo lo que aquel hombre le brindaba? Adiós a los lujos, la buena ropa e incluso a la comida orgánica en el refrigerador. Sentía miedo, por supuesto, pero eso ya estaba hablado y pactado con el profesional. Ahora no le quedaba más que actuar, antes de que los hijos de su pareja, y las dos ex esposas, la dejaran a pedir limosna. Ella era la última cadena del eslabón y por tanto el más expuesto a ser cortado. Nunca había pensado verse en ninguna circunstancia como aquélla, pero ahí estaba, en esos zapatos . . . acudiendo a un mercenario.

—Nunca digas jamás —había dicho Isabel mientras bebía un segundo daiquirí.

## 12

Grace estaba harta de Atlanta, la ciudad con uno de los más grandes aeropuertos en la Unión Americana y donde estaba su base y vivía. Harta de su desértico departamento de paredes vacías y muebles sin alma. Harta de lo que le quedaba: un plan de retiro adelantado, relaciones exprés y planes volátiles de una vida en el aire.

Puntualmente, como todo en su vida, pasó a recogerle la camioneta de la aerolínea, con todas las otras aeromozas del vuelo de esa mañana, el 702 con destino a Texas. En el trayecto al aeropuerto bromearon, rieron un poco. Más de una se retocó el maquillaje, los labios, las uñas, se acomodaron las insignias. Su compañera en el asiento, Lupita, se moría de la emoción, pues éste iba a ser su tercer vuelo. La novata, otra chica de origen mexicano en el asiento de enfrente, lloraba sin poderse contener y se encontraba nerviosísima, pues decía tener un mal presentimiento.

En todos esos años Grace sólo había sentido miedo dos veces. Un aterrizaje forzoso en un campo de futbol el mismo famoso septiembre once, cuando dos pasajeros se habían vuelto locos atacando a todos los demás. Y la segunda ocasión, durante una tormenta en la cual todo el pasaje se había puesto a rezar como en una iglesia. El avión zarandeándose de un lado a otro entre truenos y nubes negras que envolvían al aparato como los guantes de la muerte. Y los pasajeros rezando, todos a un ritmo, cogidos de las manos, increíble.

## 13

Pedro Manuel junior, alias Tigrillo, también abordó el vuelo Continental 702 con destino a Dallas y, como los otros, tomó asiento según lo indicaba su boleto de primera clase. Un par de viejos greñudos mal bañados resultaron ser sus vecinos de asiento. Había sido el último en abordar. No había podido resistirse a la tentación y menos aún a la invitación del amigo que lo había llevado al aeropuerto. Cuatro líneas gordas de talco de ángel; llevaba aún con él la sensación del pase. En Dallas le esperaban broncas, sendos problemas para los que no tenía solución alguna, pues no tenía dinero y, al no tenerlo, estaba jodido, así de simple. No sólo estaba en juego el departamento en el que vivía, sino la agencia de autos, a la fecha su última fuente de ingresos. Se habían ido las casas que generaban renta, las inversiones, los negocios, los planes de crecimiento, los amigos, la familia. Si bien le iba, le esperaba un manojo de documentos oficiales en la mesa y en la silla enfrente un abogado rabioso, uno de esos que lanzan tarascadas para apropiarse hasta de los huesos. Si no le iba tan bien, lo que le aguardaba era un golpeador con una pistola en mano, y ésta colocada en su sien. Le quedaban escasos tres días para saldar la deuda. Todo su capital estaba invertido en aquella agencia que vendía buenos carros a buenos clientes: estrellas del espectáculo, herederos, nuevos ricos y hombretones rudos que preferían pagar en efectivo. Todavía no se explicaba cómo es que había terminado haciendo negocio con aquellos tipejos. Por el efecto de la coca, quizá, logró poner su caso en perspectiva. Lo veía, era el último escalón antes de caer al sótano. Estaba acabado, no le quedaba ni la oportunidad de regresar a México, pues ya nadie quería ayudarlo, ni nadie lo recibía en su casa. Había dicho tantas mentiras. Hecho tantas decisiones malas. Actuado voluble, de manera inestable, sencillamente idiota. Pediría un ron a la azafata, qué carajos.

Grace se le paró enfrente lista a tomar la orden.

Cristal se retocó el maquillaje y pensó en la voz que le daría a la bruja buena.

Tony tuvo antojo de un ron, aunque pensó que era mejor un jugo, por aquello de la ulcera. Bray a su lado comenzó a roncar, lo mismo que sus otros socios en el negocio del rock and roll.

Por las bocinas los pasajeros escucharon la bienvenida del capitán y el copiloto. El avión despegó sin problemas y pronto estuvo en el aire . . .

Aunque nunca más volvió a tocar tierra.

# Tonatzin

## 1

El tren se detuvo en el retén. Por entre las rendijas del vagón para ganado, el teniente a cargo de la operación, escuchó cientos de voces atenuadas, entre suspiros y rezos.

Cristóbal Cortés ordenó correr esta vez los cerrojos del penúltimo de los carros. Un silencio de hielo con olor a humano invadió el ambiente, al momento en que las puertas estuvieron abiertas. Unos ojillos brillaron al fondo del contenedor para animales. El teniente observó dentro de la oscuridad varias figuras que se movían debajo de la tenue luz de las lámparas de mano. Dentro de esa oscuridad maloliente, mezcla de sudor, vómito, sangre y plátano podrido, los aullidos de un bebé reventaron haciendo eco en el techo de la noche. Los soldados apuntaron sus armas a la oscuridad.

Uno de los uniformados saltó ágilmente al interior del carro. Se irguió seguro, pues detrás varios fusiles lo respaldaban. Encendió la lámpara y comenzó a caminar por entre esa muchedumbre de brazos, piernas y quejidos que salían de las sombras. Desde el fondo, se dejó escuchar en un dialecto maya un improperio rabioso de cólera contenida, de hombría. El soldado trató de ubicar la voz que venía de la masa dolorosa, que apenas podía levantar la cabeza y abrir los ojos.

Se detuvo ante una figura cabizbaja, inmóvil, de rostro oscuro que reposaba su cansancio en uno de los cajones vacíos con membretes en inglés.

—¿Qué dijiste? —preguntó el militar.

—Lo que escuchaste —respondió la voz.

El soldado se abalanzó sobre él y, tomándolo de los cabellos, le obligó a levantarse y lo trajo consigo a la puerta.

—¿Entendiste mis palabras? Traidor —le volvió a decir Tonatzin al uniformado.

Del grupo de soldados, dos cortaron cartucho. Un sonido lastimero de gente adolorida se escuchó e hizo eco. Un eco que osciló entre los rincones y se acentuó por un momento y después se apagó.

—Así es mejor, calladitos. Sólo nos llevaremos a este indio grosero . . . y agradézcanle a la suerte que no les tocó a ustedes.

La puerta volvió a cerrarse nuevamente.

## 2

El general de la zona militar de Matamoros había decidido que era poco lo que le pagaba el cartel, así que estaba cobrándose a lo macho. Un ilegal por cada vagón de tren, sólo para que entendieran que ahí él mandaba.

El encargado de llevar a cabo la operación, el teniente Cristóbal Cortés —al que le daban un por ciento, mínimo por supuesto, pero algo ganaba— volvió a ordenar el tiro de gracia correspondiente. Un disparo se escuchó diez veces, diez vagones. La misma acción, cual si fuera un simple ensayo. Ordenó a tres de los soldados a empezar a cavar una tumba, colectiva.

Gritos, lamentos, después un silencio compacto.

—¡Si no se callan, viejas pendejas, les disparo a todos ahorita mismo y acabamos con esto ya mismo! —gritó Cristóbal Cortés.

### 3

Tonatzin viajaba en el último de los vagones del tren. Desde el primer disparo y los gritos, supo que aquello era una ejecución. Supo que alguien de aquellas personas en tránsito hacia los USA, incluido él, iba a morir. El temor comenzó a crecer y se apoderó de la oscuridad. Tonatzin, que veía de noche, observó en cada hombre una expresión de rabia, pero acallada por el terror.

Llegó el turno al vagón en cuestión, y se abrió la puerta. Una luz amarillenta de lámpara de mano rasgó la negritud. La muerte, desnuda ya en el ambiente, los miró a todos con desdén. Los hombres tragaron saliva. Las mujeres se hicieron pequeñitas. El temor de ser señalado por el verdugo, y la gracia de Dios, difuminó las facciones de aquellos seres que se quedaron sin caras. Excepto el rostro de piedra de Tonatzin, que lo retó en el idioma de sus ancestros: el mam.

El sargento se abrió paso entre las figuras, se detuvo frente a Tonatzin y le blandió una vara en el rostro.

Del apretado grupo de sombras, Tonatzin se levantó, dio un paso al frente, seguido por el soldado que lo cogió del cuello, y ambos se detuvieron en la puerta del carro.

El teniente Cristóbal les indicó a gritos que descendiera del tren.

A empellones no tuvo otra que dar tres pasos hacia la puerta abierta, donde le esperaban los otros soldados, todos dispuestos a disparar. Descendió del carro de carga. El cansancio, más el no haber movido las piernas por varios días, le hicieron caer sobre la grava de las vías. Se dio de bruces.

A su estrepitosa caída, los soldados la interpretaron como miedo y de un culatazo le hicieron levantarse.

Tuvo el impulso de ponerse de pie y arremeter a golpes, a mordidas y a insultos contra esa partida de cobardes que se agarraban fuertemente de sus fusiles. Se incorporó del suelo en dos movimientos.

## 4

El teniente Cristóbal se enfrentó a un cuerpo sin rostro... o al menos esa impresión le dio aquel indio chaparro, correoso, hocicón. Ordenó a uno de sus hombres que le iluminaran la cara. Lo que vio fue un rostro prieto, lisonjero y de expresión burlona que se le cuadró mirándole directo a los ojos. Pareció recordar aquella mirada, aquellas facciones. Intentó de hacer memoria, pero ésta le falló. Estaba casi seguro de haber visto aquellas retinas inyectadas en rojo que lo auscultaban desnudándolo, retador.

En los ojos del teniente Cristóbal, Tonatzin miró la lujuria, el vicio y el sadismo. Por supuesto que lo recordaba; el mismo había dirigido la masacre en la comunidad maya de Comalcalco. Uno de los soldados lo llamó con un apodo e hizo una mala broma en torno a ser maya, o al menos un mal chiste que sólo ellos entendieron. Todos estallaron en risas.

A sus oídos, aquellas risas le sonaron infantiles, casi primitivas.

La voz indina de Tonatzin retumbó en las sombras:
—¿Qué diría si te dijera que te vas a morir teniente...? —Tonatzin miró al resto del pelotón—. ¿Sabían que se van a morir todos ustedes? —les dijo a los soldados que no estaban acostumbrados a que sus víctimas les hablaran de frente y tan golpeado. Por supuesto apenas un par de ellos entendieron lo que decía en mam.

Los soldados reaccionaron dando un paso atrás. Sonaba muy seguro de lo que decía.

—¿Qué dice este pinche indio?

—¿Sabían, partida de asesinos... —dijo Tonatzin lentamente como saboreando las palabras—, que se van a morir esta noche? —Esta vez lo soltó en español.

Uno de los soldados levantó la vista al cielo.

—Sí, esta noche van a conocer a Diosito. Prepárense.

—Esta vez usó el inglés.

—¡Cállate, pendejo! —Fue el cabo quien ladró y, dando un paso al frente, le cruzó el rostro de un culatazo.

Tonatzin cayó al suelo, sangrando.

—¡Párete, cabrón! —volvió a ladrar el cabo, en tanto dos soldados le picaban las costillas con los R15.

—Indio cabrón, parece que no ves quién tiene los rifles.... Se me hace que quien se muere es otro. —Quien ladró fue el teniente Cristóbal desde su posición detrás del pelotón. Seguía sin poder verle el rostro. Lo imaginó como una silueta, aunque de voz potente y bien timbrada. ¿De dónde conocía a este indio bastardo?

—¡Párate, que no escuchaste al teniente! —dijo el cabo jalando a Tonatzin de la camisa y apuntándole con una pistola en la cabeza, obligándolo a ponerse de pie.

Tonatzin se reincorporó nuevamente. Esta vez tragó saliva mezclada con sangre, que le supo a impotencia pura. Recordó a su gente masacrada, a las jóvenes violadas, a sus comunidades borradas del mapa.

—Primeramente, no soy amigo de nadie, menos de ustedes —aclaró Tonatzin limpiándose el hilo de sangre que escurría por la comisura de sus labios—. Seguramente yo me voy a morir, y eso no tiene la menor importancia. Sé que es eso.

El teniente Cristóbal pensó en vaciarle el tambor entero de su pistola para ver quién reía al último.

Se acercó nuevamente al alebrestado cuyos ojos parecían inyectados en rojo y, sonriéndole, le dijo: —Échate a correr . . . para dónde te guste. —Miró a Tonatzin, miró al pelotón y después miró a la impenetrable oscuridad.

—¿Correr? ¿Hasta dónde? Si vas a matarme, hazlo aquí, no es necesario correr.

—¡Córrele, pendejo, es una orden!

—Ordene a sus hombres. No necesito correr para encontrar la muerte —concluyó Tonatzin cruzando los brazos sobre el pecho, retando al pelotón.

—¡Corres o corres, ante nosotros siempre debes aparecer como un correlón, un cobarde! ¡Además, quién quita y hasta te salves, indio cabrón!

—Igual y a la mejor ninguno de nosotros acertamos —dijo el cabo también en tono de burla apoyando a su superior.

—Igual y a lo mejor las balas no entran en la oscuridad —dijo ahora el sargento con el mismo dejo burlón y cortó cartucho.

—Igual y a la mejor hasta sales de ésta con vida. —El teniente Cristóbal retomó la palabra, ahora era imperante—: ¡Órale, córrele!

—¿Pa dónde?

—Pa donde puedas. . . . Es mejor, te lo aseguro, siempre cabe la posibilidad de correr con un poco de suerte. —Sonrió para sí mismo. El teniente Cristóbal miró a los soldados, al hombrecillo que había puesto los ojos en blanco ahora, como si estuviera al borde de un ataque—. Cuento hasta tres.

Entonces Tonatzin se hizo sombra.

Una corriente eléctrica se apoderó de su ser y echó a correr hacia la negritud de la noche como si fuera pólvora encendida, a correr, a correr en círculos, alrededor de los soldado bastardos que comenzaron a disparar a tontas y a locas, matándose entre sí. Sin ser alcanzado por ninguna de sus muchas balas, se detuvo al fin. Fue hacia el teniente Cristóbal y lo miró agonizando en el suelo. El uniformado no daba crédito. La sombra le sonrió al tiempo que se esfumaba en la noche, otra vez en círculos.

# Vida felina

## 1

Uno de esos eventos excepcionales, por no decir asombrosos, que a veces suceden en la vida le había acontecido en Filadelfia.

Resultó que su casera, la señora Robbins, amaba a los gatos locamente. Tenía en casa al menos quince mininos que llevaban los nombres de los apóstoles. Era posible que hubiera dos Pablos y dos Ezequieles, aunque Luis Carmona nunca llegó a comprender cómo era que los bautizaba. La habitación estaba en la parte baja de una vieja casa, propiedad de esta anciana singular quien afirmaba que los gatos eran seres de otro mundo, es decir, reencarnaciones de personas muertas o proyecciones de fantasmas. Ya saben, los viejos tienen sus ideas.

Carmona rentaba una de las cuatro recámaras que la mujer tenía en el sótano para este propósito. Aunque nunca conoció a los otros inquilinos, a veces los oía salir, entrar. Rentaba por bastante buen precio, a decir verdad. La ubicación no estaba nada mal tampoco, y el lugar era silencioso el fin de semana. Un sitio un tanto húmedo de ventanas pegadas al techo, con moho en el baño, aunque un gran closet y una puerta trasera que daba a un jardín. Así que cuando quería evitar a la señora Robbins, o no se encontraba de humor para ser sociable con los animales, salía por ahí. Además, tenía permiso de la casera para en ocasiones sacar una silla y admirar las plantas, las cuales le encantaban, pues de niño había seguido la ruta de las cosechas en Texas con su familia y apreciaba el olor a vida.

En la actualidad, Carmona trabajaba en la construcción. Enviaba dinero a su mujer que se había quedado en Oklahoma. Había tenido que correr detrás del trabajo, como sus padres y tíos, y era empleado ya de cuatro años en aquella empresa tejana que iba construyendo oficinas en nuevos desarrollos en varias ciudades. La paga era decente, el trabajo no muy difícil, pues contaba con la experiencia y tenía bajo su mando a varios trabajadores. Creía en el trabajo duro, no en magias o esoterismos. Por eso cuando le pasó aquello, le entró miedo.

Carmona era el tipo de persona que se ajustaba a las circunstancias, en este caso en forma de gatos, muchos de ellos, con diferentes personalidades. A uno que le pareció el menos querido por la dueña de la casa, y no muy capaz de defenderse de los gatos más abusivos, lo adoptó y lo bautizó "Leoncito" por su aspecto y color amarillo. Le empezó a comprar comida e incluso le permitió compartir la cama.

La noche que sucedió "el evento", como terminó por llamarle, los gatos fueron testigos. No recuerda qué pensaba. El caso es que de pronto comenzó a sentir un adormecimiento en las manos que se extendió a las extremidades y el torso. Cuando la pérdida de control sensorial de su cuerpo fue casi total, entró en pánico. *¿Es que era un ataque de apoplejía? Soy muy joven para eso*, se respondió a sí mismo. *¿Qué otra cosa podía ser? ¿Es que me había envenenado con algo? ¿Quizá por mis años de infancia respirando abono hecho en laboratorio? ¿Quizá era el apeste a orines de los amiguitos?* Se preguntó muchas cosas mirando a los felinos. "Calma", se repitió, en voz alta. Debía reaccionar con tranquilidad y salir del pánico que no era el mejor aliado y nunca lo ha sido.

Cerró los ojos intentando controlar el terror y retomarse. El esfuerzo fue tal que escuchó un "crac" que venía de adentro de su cabeza; en sus oídos el silencio fue absoluto. *A lo mejor he muerto . . . o estoy en el proceso.* Abrió los ojos nuevamente, levitaba, estaba sobre las cosas, en el aire, como si quedara libre de la gravedad del centro de la tierra. No podía creer lo que estaba sucediendo. Flotaba elevado a metros de la cama horizontalmente, mirando por la ventana a la calle donde cosas pasaban. Reconoció a la mujer que caminaba mientras hablaba por teléfono; la vecina de dos casas calle abajo sacando a pasear al perro, un pastor alemán negro que seguramente sabía por el olfato que ahí había gatos, y por eso se orinaba en todas partes de la fachada de la casa. El animal vino a la ventana, lo vio flotando de forma horizontal cuan largo era. Lo miró sin importarle mucho, levantó la pata y se meó en el cristal de la ventana, para posteriormente correr detrás de su dueña. Pasó un automóvil en cámara lenta. Cruzó la calle el cartero, con su bolsa al hombro y desapareció en la puerta de los vecinos de enfrente. Dos hombres en bicicleta cruzaron también por su campo de visión.

Los gatos le miraban curiosos. Sólo un par de ellos alcanzó a comprender que estaba levitando; el resto se lamían los bigotes, se chupaban la pata o la cola, miraban aburridos la escena, como si no pasara nada, sentados, echados de panza en diferentes posiciones. Al principio creyó que estaba alucinando. Le entró miedo. "Tranquilo", se dijo así mismo una vez más. Por boca de su abuela sabía que el miedo puede controlarse, e incluso encausarse. A base de no entrar en pánico, Carmona alcanzó a comprender que estaba flotando en el aire del cuarto sin precipitarse en contra de toda lógica. Giró la cabeza. Efectivamente estaba en el aire, libre de la gravedad como un astronauta, algo sorprendente. Una vez sin miedo, con una mano se empujó de una pared a la puerta del baño. Comenzó a moverse a discreción por el cuarto. Se sintió muy ligero, como si fuera una pluma. Entonces pudo ver las cosas de un modo cenital. Esto es, que estaba desde el techo viendo las cosas abajo. Libre del magnetismo terrestre, también perdió la rigidez. Giró en el espacio. Sin peso, se pasó unos minutos empujándose de una pared a otra, divirtiéndose por un rato hasta que se cansó.

No recordaba cómo había regresado todo a la normalidad. Los gatos se largaron, y finalmente tuvo a bien meterse en cama. Se sintió exhausto, como si hubiera corrido varios kilómetros. Estos desprendimientos, como terminó por bautizarlos, volvieron a repetirse.

## 2

Durante su última noche en aquel lugar, como a eso de las tres de la mañana, se sintió observado y cautelosamente abrió los ojos en la oscuridad. Flotaba, aunque no muy alto esta vez, apenas unos centímetros. Se percató de que los quince gatos le miraban con extrema atención, treinta pares de ojos brillando en la noche. Era una escena realmente extraña. Al principio se atemorizó del espectáculo de todos aquellos ojos brillando como si fueran de luz neón, pero pronto cayó en cuanta de que eran los mininos. Lo miraban sin parpadear, era como si supieran que se estaba yendo de la casa o algo. Quizá era que ya había llegado su turno en aquel lugar, donde ellos, los fantasmas, se quedarían a mandar y ser felices.

Se cogió de la cabecera, lentamente se acomodó y tomó asiento en la cama. Se quedaron mirando mutuamente: él con ellos y ellos entre ellos, algún tipo de comunicación que no conocía, quizá una muestra de cariño entre animales. Carmona quedó fascinado.

Los animales se encontraban sentados en parte de la cama, el chifonier, el escritorio y en la parte superior de la silla. Todos estaban distribuidos por el cuarto en diferentes posiciones. Lo rodeaban. Un par de ellos, los más atrevidos, se acercaron a Carmona y empezaron a ronronear suavemente, mientras él les pasaba la mano por el lomo, demostrándoles su amistad.

Carmona entendió que habían venido a decirle adiós, a desearle buena suerte. No sabía si lo hacían cada vez que uno de los inquilinos temporales de la señora Robbins estaba saliendo del lugar o lo estaban haciendo sólo porque lo consideraban especial. Algunos gatos nunca se acercaron mucho, pero desde su sitio, se conectaron al ronroneo general que hizo vibrar los objetos del cuarto algo increíble. Un ronroneo rítmico y unísono.

Ahora desde la distancia en otra ciudad y otro contexto, Carmona observa la escena. Los gatos de la casera le rodean, sus ojos refulgen en las sombras de la recámara en aquella vieja casa. Todos aquellos ojos brillan a su derredor su última noche ahí.

El que los gatos estuvieran en el cuarto, no sólo era una despedida, sino un presagio. Leoncito, el gato que había adoptado de entre todos por ser el más amable, le miraba a los ojos apenas a unos centímetros, como si quisiera ver dentro de su ser. Llegó un momento en que pudo comunicarse con los felinos desde donde estaban posicionados, o mejor dicho, aposentados, y le hicieron saber que querían compartir un sueño con él. En el sueño Carmona era un gato. *Aquí es entonces que despierta.*

Va caminando por el bosque, todo es de un color azul brillante. Es un animal nocturno. Desde su posición en el suelo, brinca y sube a un árbol enterrando sus uñas en el tronco. Llega a la última rama que el árbol sostiene y desde ahí, abrazado a las hojas, puede ver todo. Al fondo se ve un poblado más allá de la muralla, luego un bosque. Camina por la rama del árbol y de ahí se impulsa. De un salto alcanza el próximo árbol y el próximo. Voltea hacia atrás, la distancia ha sido considerable. Eso le produce un gran orgullo, y es un incentivo para continuar saltando de árbol en árbol. Carmona es consciente del peligro, aunque le gustan los chispazos de adrenalina y testosterona que lo invaden. Vuelve a brincar, vuela en el vacío, retando la gravedad de la tierra. Va a otro objetivo, cruza la oscuridad, puede ver en la noche, tiene la sorpresa a su favor, lo sabe.

Flotando en el espacio se desplaza.

# La maldita ciudad parecía abandonada

---

*a Juan Rulfo*

## 1

Debíamos morir, estaba previsto en la esfera de cristal de la hechicera que habíamos visitado antes de brincarnos el muro. Estábamos cerca, la muerte rondaba disfrazada de diferentes formas, se posaba en los cactus, nos murmuraba obscenidades en los oídos, podíamos sentir su fría presencia.

De pronto, me encontré solo, chorreando agua del río Bravo, rodeado de oscuridad y de murmullos. Estando en cuclillas, tropecé con la frontera de otro país. La línea electrónica de varios metros de altura, el muro hacia arriba y hacia abajo. Me detuve, giré la vista en redondo, por un agujero en el metal introduje la cabeza. Con horror vi que del otro lado todo estaba tapizado de cuerpos. Alguien me empujó por detrás, apurándome. Debí seguir adelante, ése era mi destino y mis compañeros, tránsfugas, venían pisándome los talones.

Comenzamos a correr. Con agilidad también, comenzamos a brincar los cadáveres, a esquivar las tumbas abiertas esperando hambrientas, zigzagueando logramos evitar el infrarrojo de las cámaras, la mirilla de los fusiles, el odio de los cazadores. Se nos había advertido que no voltéaramos a mirar atrás, que quién lo hiciera perecería. Seguimos de largo,

quebrando huesos de esqueletos humanos secos y emblan-
quecidos por el sol. Cruzamos el desierto bajo el amparo de
una luna encubierta por las nubes. Sin hacer ruido. Cada uno
de nosotros en lo suyo, sudando frío, con los cinco sentidos
alerta, tragando puñados de polvo, rumbo a un destino in-
cierto . . . penetrando las sombras. En busca de trabajo.

### 2

—¿Cómo estás, Nacho? ¿Qué haces?

—Bien, hermano . . . ¿y tú?

—Bien, bien, ya sabes, trabajando, trabajando.

—Mmm, pues yo también hermano, ¿qué se puede hacer?

—¿¡Y tus manos Nacho!? ¡Dónde están tus manos!

—Las dejé trabajando del otro lado, *brother*, ya sabes, pa'
hacer *money*.

### 3

Oleadas de inmigrantes: cafés, negros, amarillos y sus
combinaciones, invadiéndolo todo, desembarcando en las
costas, en llantas gigantescas, de pequeñas balsas, de barcos
oxidados, de aviones de abastecimiento, empacados como
mercancía, como carga viva en trenes. Inmigrantes de todos
los colores oscuros de la piel. Cortando la distancia en sub-
marinos, por telepatía, de todos los continentes y de todas las
islas. Inmigrantes. Gente moviéndose, quién sabe de dónde y
por qué, con hijos, con familia, hacia el primer mundo, con
sus ojos entrecerrados, sus lenguajes floridos y complicados,
sus tonos agudos y sus puñados de especias, sus cucharas oxidadas, sus ropas harapientas, sus cuchillos. Cientos, miles de
personas, millones de ellas, con galletitas de la suerte metida
en los bolsillos, y restos de arroz entre las hendiduras de los
dientes. Hombres de maíz, de papa, espantapájaros con alma.

Bajo tierra, latinoamericanos, africanos, orientales, todos los que se mueren de hambre. La invasión. La toma por asalto al primer mundo, como la fiebre oscura, la pobreza, la gran plaga y la decimonovena profecía de Nostradamus inédita: "el tercer mundo se instalará por trabajo y sostenido en un tenedor, echará raíces . . ."

## 4

Cuando algo me atemoriza me agarro a mis genitales. En los momentos más difíciles, más excitantes o de sorpresa, ahí va mi mano. Es instintivo o algo, no sé qué, mi mano va directa a mis partes y se agarra de ahí como de un salvavidas, o un trozo de madera en el océano del que se coge un náufrago. ¿Cómo explicarlo? ¿Les ha pasado? Es como si mi mano y mi racimo se dieran seguridad uno a otra. Así lo entiendo. La realidad es que nadie en este mundo bizarro y egoísta del principios del siglo XXI, te salvará a menos que tú lo hagas por ti mismo, y para ti . . . así de triste, eso lo aprendes bien temprano. Agarrado de mí mismo me enfrento al mundo y ahí voy.

## 5

Dice un viejo refrán que una vez obtenido el objeto deseado, éste comienza a perder interés y pronto se olvida, o peor aún, se substituye por otro nuevo. Algo semejante ocurre con las ciudades. Cuando uno lleva varios meses o varios años en una ciudad, y se recorre esta cotidianamente para resolver actividades pragmáticas, la ciudad es sólo ya la escenografía de algo más importante: la vida diaria, la vida del trabajo, la vida real, la vida del dinero.

Esto es, lo nuevo pasa a ser conocido, y lo excitante como una flama, se apaga. Del descubrimiento pasamos a la indiferencia. Se comienza a sentir aburrimiento, cansancio, azoro.

La repetición trivializa lo visto y lo nuevo envejece. Se deja de ser turista en la nueva tierra, siempre atento a lo diferente y nervioso ante lo incógnito.

Él que se ha apropiado del paisaje a través del tiempo duerme de regreso en el camión. . . .

Finalmente y después de mucho tiempo de práctica, me he desprendido de una parte de mí.

Quien dice que no se puede vivir en dos lugares a la vez se equivoca. Estoy aquí con la cara que sonrío, mientras con la otra no les veo, sino que miro atentamente las miles de fotos que guardo en mis bolsillos, y esto no lo saben, pero siempre pensando en irme a un nuevo lugar, una ciudad diferente.

## 6

Me detengo en el semáforo, ahora estoy en Nueva York. Más bien el taxi amarillo que manejo se detiene, así como otros autos y otros taxistas con choferes como yo, la mayoría inmigrantes, fuereños, y por lo tanto, hombres en tránsito, nadie especial. Hombres comunes y corrientes, tratando de ganarse la vida en esta selva de asfalto y edificios grandísimos, desde los que somos observados, escaneados, fotografiados y juzgados. Vistos, por las cámaras instaladas en las calles, por los dronos que patrullan la ciudad. Escuchados por los micrófonos instalados en nuestros teléfonos celulares. Estudiados por el reducido grupo de personas poco comunes que separadas del suelo, se divierten desde sus oficinas de muebles caros y alfombras mullidas, viéndonos como quien mira a cientos de ratoncillos correr hacia sus madrigueras.

Nueva York arriba, hasta el cielo. NY abajo, bien debajo de los rascacielos, del subterráneo. Calles llenas de nosotros, los hombres del trabajo sucio, manual y las carteras harapientas. Los otros, los que miran hacia abajo y se entretienen, viéndonos como hormigas, matándonos por un pan. Ellos, los que deciden los destinos del mundo, se reparten sus recursos naturales, y el uso y la lógica de las cosas. Nosotros, los que ni a mundo llegamos, viviendo en cuevas, sótanos húmedos y oscuros, desvencijados cuartos de azotea, departamentos con cucarachas, ratones y otros inquilinos, comiendo basura y comida procesada rica en grasas, harinas y colesterol. Que digo, comida genéticamente modificada, comida de laboratorio, de experimento, comida para los pobres, aquellas pequeñas figuritas moviéndose a mil por hora entre las calles.

Avanzamos lentamente en las congestionadas avenidas, llevando gente de un lado a otro de la isla, otra vez en otro semáforo de la gran manzana.

En busca de cliente me puse en marcha, la maldita ciudad parecía abandonada.

## 7

Ahora aquí estoy, con unas pantuflas chinas, en calzones, con mugre de tres días, en una bata de dormir color gris, contándoles mi vida desde una cocina cochambrosa y ridículamente pequeña, frente a una maldita cafetera ruidosa que se sostiene en la parrilla izquierda al rojo vivo, bajo el extractor de aire y de manteca, y un foco amarillento pendiendo en mi cabeza. Por la ventana NY, bien cerca un edificio de otro, pared con pared. Ahora yo, contemplo la historia real que es ésta que mis manos tocan, y la historia que escribo con los ojos bien abiertos. Me pongo de pie, camino, doy pasos alrededor de mí. Me encuentro detenido, flotando en este nuevo *pueblo* en el que soy un intruso, mirando por una esquina de la ventana, esperando pacientemente a que llegue el hombre de las pizzas. Trato de controlar la voz oscura que me dice cosas crudas sin inmutarse: "Dijo tu madre que no abriste la

boca sino hasta los seis años de edad . . . Que cuando estabas
por nacer, dos vendedores de biblias tocaron a la puerta de tu
casa, y nadie les abrió". Tu madre murió agarrada a una sucia
sábana, encomendándose a Dios, mientras tu abuela con las
manos llenas de callos te daba respiración artificial y cientos
de nalgadas.

Mientras me ajusto el pantalón y me pongo la chaqueta,
deja de llover y el cielo comienza a oscurecerse. De los puestos de vendedores ambulantes en domingos no queda nada.
Me acuerdo de mi madre, de mi hermana, de mi pueblo, yo
soy niño. Por el túnel del tiempo regreso, como si el agua me
despertase de un sueño. Estoy empapado. Quizá por eso un
montón de palabras sacras en forma de maldiciones me ata-
can mientras desciendo las escaleras del edificio de rentas
congeladas donde vivo, y del cual un developer nos quiere
echar. Palabras pintadas en las paredes en forma de grafiti difíciles de descifrar. New York sin amigos, sin familia, sin destino. En mi nueva casa, que no es sino la entraña de la Isla de
Manhattan. . . . Aunque me niegue a aceptarlo, soy un Jonás
de carne y hueso en su propio viaje por la ballena que flota
sobre el Hudson. Viajando en dos idiomas. Salgo a la calle,
subo el cierre de la chaqueta y enciendo un cigarrillo. Dos
pasos adelante, dos pasos atrás y el hombre de las pizzas no
llega.

## También por Alberto Roblest

---

*Against the Wall: Stories*
Translated by Nicolás Kanellos